JN113361

「うわっ！　誰っ!?」
「ん、んん……もう朝？」
驚きながらも
身を起こして離れると、
ベッドに入り込んだ少女が
寝ぼけながらもそう呟いた。

「ご恩に報いるためだけでなく、純粋に私はノクト様の傍にいたいんです！」
「わかった。ノクトを信じる」
ベルデナ
巨人族の少女。
とてつもないパワーがあり、
よく食べる。
「領主としてビッグスモール領を立て直すさ」
ノクト＝ビッグスモール
辺境貴族ビッグスモール家の次男。
父と兄が他界したために
領主を継ぐことになる。
【拡大＆縮小】というスキルをもつ。
メア
ビッグスモール家に仕えるメイド。
ノクトのことを尊敬し、
想いを抱いている。

ククルア
オリビアの娘である獣人の少女。
ノクトとベルデナに
特に懐いている。
「私、早く大人になりたいの！」
「ノクト様はいつも私たちのことを考えてくださるんですね」
オリビア
獣人の女性。
村で迫害を受けており、
ビッグスモール領に移住してきた。

「ファイヤーボールを拡大！
拡大！　拡大！
拡大！　拡大ッ……！」
俺はさらに
豪火球に対して拡大を施す。
一回拡大するごとに
さらに大きさが増していく。

転生貴族の万能開拓
～【拡大&縮小】スキルを使っていたら最強領地になりました～
Renkino
錬金王
Illustration
成瀬ちさと

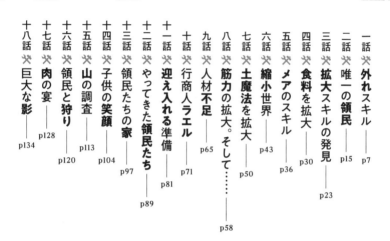

CONTENTS

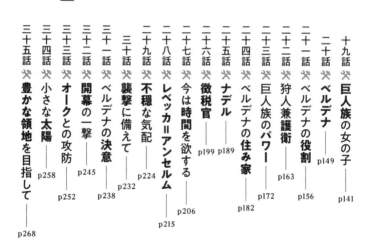

イラスト／成瀬ちさと
デザイン／百足屋ユウコ＋石田 隆（ムシカゴグラフィクス）
編集／庄司 智

一話　外れスキル

「次の者、こちらへ」

「はい」

神殿のスキルの間にて、神殿騎士に呼ばれた俺は返事をして前に出る。

「名前は？」

「ノクト＝ビッグスモールです」

淡々とした問いに答えると、神殿騎士は紙に俺の名前を記した。

俺の名はノクト＝ビッグスモール。

前世では日本というところで社畜をしており、若くして死亡したのであるが、気が付いたら異世界の貴族の息子に転生していた。

異世界系の小説なんかをかじっている人であれば、優雅な貴族ライフを送れる勝ち組だなんて思うかもしれないが、我がビッグスモール領は土地の広さしか誇れないような田舎で、凶悪な魔物が多く生息する大森林と隣接している。

それ故にうちの領地は何度も魔物の被害を出しており、領主である父と僅かな領民でそれを退けているという状況だ。

しかし、そのような状態が長く続くわけもなく、うちの領地はすでに限界に達している。

そんな時に領主の息子である俺が十五歳となり、成人を迎えることになった。

この世界では成人年齢になると、神殿で神様よりスキルというものが与えられる。

【剣術】【身体強化】【魔力向上】【再生】などなど、それは人によって様々で時に絶大なる恩恵をもたらす。

大森林によって魔物の被害に悩まされているうちの領地では当然、戦闘スキルを求められているわけで、領地の希望となる俺は【剣術】【身体強化】といった戦闘スキルを求めている。

それらのスキルがあれば、父や兄、村人と協力して魔物を撃退もできるかもしれない。

あるいは【剣聖】【賢者】といったレアスキルや、組み合わせのいいスキルを複数獲得すれば討伐に赴いて開拓をすることができるかもしれない。

大森林は誰の手も入っていない未開拓地。いわば、手つかずの自然なので開拓できれば大きな利益を上げられるはずだ。

そういうわけで、俺は父や領民の期待を背負って神殿にやってきているのである。

なんとしてでも戦闘スキルを手に入れなければ。

「では、あの魔法陣に入るように」

「はい」

神殿騎士に促されて、俺はスキルの間の中央にある大きな魔法陣の中に入る。

「神様に成人できたことの喜びを真摯に祈りなさい。さすれば、スキルが授与されるはずです」

神殿騎士が静かに告げると、俺は言われた通りに今日まで生きてこられたことに感謝する。

日本で生きていた頃は神様に感謝することなど形だけのものだったが、転生者として再び生を受け、スキルというものを授けてくれる存在がいるので今では心から信じている。

地球の神か、この世界の神かは知らないが、一度失った命であるにもかかわらず、こうしてまた命を与えてくれたことに感謝の念に堪えない。

願わくば、領地を救うために俺に戦えるスキルを与えてください。

心の中で祈っていると、不意に自分の身体が淡く光った。

その光が消失すると、頭の中にスキルが浮かんでくる。

【拡大&縮小】

それが神様より授かった俺のスキルなのだと魂が理解した。

拡大&縮小？　これは一つのスキルなのか？　二つスキルを授かったということなのだろうか？

「無事にスキルを授かったようだな。こちらの鑑定水晶に手をかざしなさい」

神殿はスキルを管理しており、授かったスキルを申告するのは義務だ。

戸惑いの気持ちを抑えきれないものの、ひとまず義務を果たすために差し出された透明の水晶に手を乗せる。

すると、そこには先程頭の中に浮かび上がったものと同じ【拡大&縮小】というスキル名が水晶に表示された。

「【拡大&縮小】……二つのスキルがセットになったものか。はじめてだな」

「これは一体どのようなスキルなんでしょう？」

恐らく、これは俺の欲しがっているような戦闘スキルではない。

そんな嫌な予感をヒシヒシと感じていたが尋ねずにはいられなかった。

「【拡大】という物を大きくする単体スキルがある。ということは、これは物を大きくしたり、小さくすることのできるスキルなのだろう」

「つ、つまり、これは戦闘スキルでは……」

「ないだろうな」

神殿騎士にハッキリと言われてしまい俺は絶望した。

父や領民も窮地を打開するような戦闘スキルを求めていたというのに、俺はそれを授かることができなかった。

領地を出発する際に笑顔で見送ってくれた村人や、期待の言葉をかけてくれた父や兄の顔。それらが浮かんでは消えていく。

俺は皆から戦闘スキルを授かることを期待されていた。なのに戦闘スキルではない物を大きくしたり、小さくするだけの外れスキルを獲得してしまった。

一体、どんな顔をして領地に戻ればいいのかわからない。

「まあ、このスキルも使いようによっては便利かもしれない。悲嘆することなく精進するように。では、次の者」

神殿騎士は慣れたように慰めの声をかけると、次の業務へと取り掛かる。

そう、戦闘スキルやレアスキルを渇望し、それが得られないというのはありふれた話。

この世界ではどこにでもあるような光景なのである。

◆

王都の神殿にてスキルを授かった俺は馬車で領地に戻った。

当然うちのような貧乏領地に自家用の馬車などはないし、お供をつけるような余裕はないので乗り合いの馬車だ。

いつもはそれが恥ずかしかったが、今はそれが嬉《うれ》しかった。

一体、どんな顔をして領地に戻ればいいのか。

どうやって父や兄、そして領民と話せばいいかわからなかったからだ。

外れスキルを獲得してしまい呆然《ぼうぜん》としながら馬車に揺られること一週間。

俺は領地のすぐ傍《そば》まで帰ってきていた。

しかし、今の俺の心中は晴れやかだ。

王都から領地までの旅路が一週間あったお陰か、なんとか心を持ち直すことができたのである。

人間ずっと落ち込んではいられないもの。一週間という時間は良くも悪くも俺に気持ちを整理する時間を与えてくれた。

戦闘スキルを獲得できなかったのは確かに痛いが、それは仕方のないこと。この世の中で望んだスキルを獲得できる者などほとんどいない。

たとえ、戦闘スキルでなくてもスキルはスキルだ。あの神殿騎士が言ってくれたように使い方を模索して、領地に貢献すればいいのだ。

まだ具体的な使い道を考えてはいないが、それは皆と一緒に考えればいい。

そう思って領地にたどり着いた俺が見た光景は、ボロボロになった民家と浮浪者のような姿をした村人である。

「……こ、これは一体？」

悲惨な領地を目の当たりにして驚いていると、暗い顔をしていた村人が大声を上げる。

「ノクト様だ！　ノクト様が戻られたぞ！」

「俺たちの希望だ！」

村人が声を上げると、どこかに隠れていたのかたくさんの村人が集まってくる。

その顔つきはどれもやつれており、尋常ではない状態であった。

集まってきた村人が口々に言葉をかけてくるせいで、何を言っているのかよくわからない。

「皆さん！　ノクト様が驚いておられます、ひとまず落ち着いてください！」

群がってくる村人を一喝してくれたのは、うちの屋敷《やしき》で働いてくれている執事のジョーゼフだ。

オールバックにした白髪を香油で固め、パリッとした執事服を着こなす老齢とも思えない彼であるが、珍しく髪は乱れ、表情にはやつれのようなものがあった。

「ノクト様、まずは無事に帰還してくださったことを喜ばしく思います」

「ああ、出迎え感謝するよ。それで、この状況は一体どういうことなんだ？　どうして領地がこのように荒れ果てて……」

俺が疑問を口にすると、ジョーゼフだけでなく村人も暗い顔をした。

「魔物の襲撃でございます。大森林より、多くの魔物が領地に攻め入ってきました」

「――っ‼　そうか、それでこのような惨状に。それで父上と兄上は？」

父は【指揮】という、同じく戦う仲間の身体能力を引き上げることができるスキルを所持していた。

兄は類まれな剣術で魔物を葬り去ることのできるスキル【剣術】を所持していた。

有事の際は父が的確な指示を送りながらスキルで領民を強化し、兄が魔物相手に怯《ひる》むことなく道を切り開いていた。

そんな頼りになる二人がいるからこそ、領民たちは付いてくることができた。

たとえ、領地が魔物の被害に遭おうと父と兄がいれば立て直せる。

しかし、ジョーゼフの口から漏れた次の言葉は、俺の希望を粉々にした。

「領主であるラザフォード様と長男であるウィスハルト様は魔物との交戦により亡くなられました」

「……なんだって」

俺たちの希望である父と兄が死亡した。

その事実は俺が外れスキルを獲得したことよりも遥《はる》かに重い絶望であった。

今までこの過酷な領地でやってこられたのは、父と兄がいてこそだ。

その状況が無くなった今、この領地の状態は非常にまずい。

「ラザフォード様とウィスハルト様がお亡くなりになった今、次の領主は次男であるノクト様ということになります」

ジョーゼフの続く言葉と共に高まる緊張と期待。

この時、ジョーゼフや領民たちが俺の戦闘スキルを渇望しているのだと嫌でもわからされた。

「ノクト様、王都でどのようなスキルを獲得されたのでしょう？」

ジョーゼフがその言葉を発すると、領民たちの期待にこもった眼差《まなざ》しが強く向けられる。

「……すまない、俺が授かったのは父や兄上のような戦闘に役立てるスキルではなかった」

俺がその言葉を発した瞬間、ジョーゼフと領民たちの表情は絶望に包まれた。

「そ、そうですか……」

ジョーゼフや領民から向けられる期待外れの視線。

一週間という時間の長さで覚悟を決めていたつもりだが、予想以上に応える仕打ちだった。

「すまない、俺は疲れたので屋敷に戻る」

領地の希望であり、家族であった父と兄が死んでしまった。

その情報は外れスキルを獲得して失望される以上に、俺の心を抉《えぐ》ったのだった。

しかし、俺の絶望はそれで終わることがなかった。

翌日、家臣や領民の全員が領地から逃げ出したのである。

二話　唯一の領民

領民全員が逃げ出してしまった。

その事実を把握した俺は、人気《ひとけ》のまったくない荒れ果てた領地で途方に暮れていた。

無理もない。ただでさえ魔物の脅威に脅かされているというのに、対抗できるスキルとカリスマを持つ父と兄が死んでしまった。

その上、新しい領主となる次男は戦闘に役立てることのできないスキル持ち。

これじゃあ、長年仕えてくれた家臣や領民たちが逃げ出してしまうのも無理のない出来事だ。

俺も逆側の立場であるなら、同じように見切りをつけて逃げ出していただろう。

「……はぁ、俺も逃げ出したい」

青々とした空を見上げながらぼんやりと呟《つぶや》く。

家臣や領民がいなければ無理だ。どうしようもないし自分も逃げればいいと思うかもしれないが、領主が領地を捨てることは許されず、逃走すれば死刑は確定だ。

かといって、正直に今の状況を王に報告しに行けば、領地を荒廃させたということで爵位剝奪、罰金などといった罰則が与えられる。

辺境で貧乏貴族をやっているうちにまともな財産などあるわけはなく、罰金を払うこともできない。奴隷落ちか、はたまたどこかの貴族に買われて飼い殺しの人生を送るようになってしまう。

そのような人生はまっぴらごめんだった。

だから、領主である俺に逃げることはできない。

大森林の反対側には少し遠いが有力貴族の領地がある。

うちの領地を防波堤とみなしている貴族は、大森林に備えて領民たちの情報を欲するに違いない。受け入れてもらえる可能性は大いにあるだろう。

俺一人を残して逃げ出してしまった家臣や領民を完全に憎んでいないと言えば嘘《うそ》になるが、ここまで尽くしてくれたのも事実だ。

「せめて、逃げ出した領民たちの未来が明るいものになってくれるといいな」

「あ、あの、ノクト様……」

なんて呟いていると、後ろから声をかけられた。

そこにいるのは銀髪をショートカットにしたメイド服を着た少女。

長い前髪で右目が隠れており、左目の青い瞳が窺《うかが》うようにこちらを見ている。

彼女の名前はメア。

ビッグスモール家に小さな頃からメイドとして仕えてくれていた同い年の少女だ。

「……メア？　どうしてここに？」

「ノクト様のお力になりたくて」

驚愕《きょうがく》を露《あら》わにしながら尋ねると、メアはおずおずと答えた。

メイドであるメアが残ってくれた。そのことは素直に嬉《うれ》しいが、現状を思うと素直に喜ぶことはできない。

「メアの気持ちは嬉しいがわかっているのか？　この領地にはもはや父や兄もいない。残っているのは家臣や領民に逃げられた頼りないスキル持ちの領主なんだぞ？」

「それでも私はノクト様にお仕えしたいんです！　ラザフォード様やウィスハルト様ではなく！」

普段は控えめなメアが強く叫んだ。

その言葉は父や兄と露骨に比較され、傷ついていた俺の心に温かく浸透した。

「幼くして身寄りをなくしてしまった私にノクト様は手を差し伸べてくれました」

確かにメアをメイドとして雇うきっかけになったのは俺の一声だ。

自分と同い年の少女が、身寄りを失《な》くして邪険にされているような姿を見ていられなかったからだ。

「それは幼い俺の同情心であり、メアが恩を感じるようなことじゃ――」

「それでも私は嬉しかったんです！　メイドとして雇ってくださるだけでなく、屋敷《やしき》に居場所を与えてくれたノクト様の配慮が！」

転生者として子供ながらに前世の記憶を持っている俺からすれば、年相応のメアはまさに妹や子供のような存在で可愛《かわい》がったりもした。

自分が雇うと言い出した責任もあり、積極的に面倒を見ていたがまさかここまで想《おも》われていたとは。

「ご恩に報いるためだけでなく、純粋に私はノクト様の傍《そば》にいたいんです！」

顔を赤くし、青い瞳に雫《しずく》をためながら力いっぱい叫ぶメア。

俺はなにをネガティブになっていたのだろう。

全員が領地を離れてしまう中、たった一人メアは残ってくれたのだ。

しかも、その子は他でもなく俺と一緒にいたいと言ってくれている。

ここまで言われてブツブツと言い返すのは男として情けないし、メアにも申し訳ない。

「……わかった。ありがとう、メア」

「ノクト様……っ！」

「何もない領地だけど俺と一緒に立て直そう。色々と大変かもしれないが、これからも俺に仕えてくれ」

「…………」

覚悟を決めて手を差し伸ばすと、メアは喜びの表情を——あれ？　なんかちょっと不満そうにしているような？

「どうした、メア？」

「いえ、なんでもございません。これからも精いっぱいお仕えさせて頂きますね」

戸惑いながら顔を覗《のぞ》き込《こ》むと、メアはすぐに表情を綻ばせて手を握った。

もしかして、こんな領地に残ったことを今さらながらに後悔しているとか？　いや、でも俺に仕えてくれるって言ったよな？

微《かす》かな疑問を感じたものの、それを言葉にするのがどこか怖くて俺は黙っているのだった。

◆

メアの覚悟を受け取った俺は、彼女に案内してもらって屋敷の裏山に墓参りにきていた。

昨日は王都から戻ってきた疲れや、領民たちに詰め寄られた精神的疲労によって、父や兄のことを考えることができなかったからだ。

メアと会話をして落ち着きを取り戻した今なら大丈夫だ。

裏山を登ってたどり着いた頂上では、ビッグスモール領を見下ろすことができた。

今では破壊された民家や掘り返された畑が目立っているが、ここの景色はとてもいい。

そして、そんな場所には三つの墓石が仲良く並んでいた。

「ここが父上と兄上の眠っている場所か……」

「……はい、奥様の傍がいいかと思い、ここに埋葬させて頂きました。ノクト様の知らぬところで勝手に埋葬してしまい申し訳ありません」

「いや、謝ることはないよ。むしろ、礼を言わせてくれ」

ここは若くして病気で亡くなったという俺の母が埋葬された場所であり、領地が一望できる場所。

酒で酔った父が、死んだ時は、ここに埋めて墓を建ててくれと口にすることがあった。

ここなら父や兄も本望だろう。

「すまない、メア。先に屋敷に戻っていてくれるかい？」

「かしこまりました」

俺が静かにそう告げると、メアは離れて屋敷の方に戻っていく。

一人になった俺は道中摘んできた花を、三人の墓石の前に並べた。

「母さん、父さん、兄さん、ただいま。まさか、戻ってきたら父さんと兄さんがいなくなってるだなんて思いもしなかったな。それだけじゃなく、魔物のせいで領地もめちゃくちゃになっているし大変だよ」

一人になってホッとしたように語り出すと、不意に涙が込み上げてきた。

「それなのに、それなのに、俺は父さんや兄さんのような立派なスキルを獲得することができなかったよ。そのせいで家臣や領民も逃げ出しちゃって……父さん、兄さん、なんで死んじゃったんだよ」

そして、最後には我慢することができず、みっともなく俺は泣いてしまった。

外れスキルの獲得、魔物の襲撃による父や兄の死亡、領民の逃亡……あまりに多くの出来事があり過ぎて実感が湧かなかったが、こうして名前の刻まれた墓石を見ると嫌でも理解させられた。家族である父や兄はもういないのだと。

それがわかると、今まで奥底に溜《た》まっていた感情が一気にあふれ出してしまったのだ。

「みっともない姿を見せてごめんね。母さん、父さん、兄さん」

誰もいない場所で泣き叫ぶと気持ちが少し収まった。

「授かったスキルは【拡大&縮小】っていう物を大きくしたり、小さくしたりするスキル。確かに戦闘スキルじゃないかもしれないけど、やりようによっては生活を豊かにできるかもしれない。それにメイドのメアも残ってくれた。たった二人だけのビッグスモール領だけど、必ず立て直してみせるよ。だから、三人ともここで見守っていてね」

その後、領地の現状なんかをしばらく語ったところで立ち上がる。

ずっとここにいると屋敷にいるメアも心配する。

それに、領地を立て直すと決めた以上、俺には時間がいくらあっても足りないのだ。

「またくるよ」

家族三人が眠る墓石に声をかけて、俺は山を下った。

三話　拡大スキルの発見

「お帰りなさいませ、ノクト様」

「ああ、今戻ったよ」

墓参りを終えて屋敷《やしき》に戻るなり、メアが出迎えてくれた。

家族や家臣がいなくなってしまった今、この屋敷に住むのも俺とメアだけだ。

もし、メアがいなければ帰ってきても誰も出迎えてくれないのだろうな。

「どうかしましたか？」

「いや、メアが残ってくれて本当に良かったなって思って」

「そ、そうですか！　そう言ってもらえて私も嬉《うれ》しいです」

心から思ったことを伝えると、メアは顔を真っ赤にしながらも喜んでくれた。

俺の言葉がよほど照れ臭かったのか、メアは動揺しながらも話題の転換を図った。

「あ、あの、これからどうしますか？」

「そうだな。まずは使える水や食料の確保だな。屋敷にある備蓄の確認はできているかい？」

「心許《こころもと》ないというのが現状です。水は井戸が無事なので問題ありませんが、備蓄の食料は私たちで節約しても二週間ほどしかもたないと思います」

「ん？　食料庫には領民を一ヵ月賄える程度の食料があったと思うけど？」

父は魔物の襲撃や、飢饉《ききん》に備えて、しばらくは領民を賄える程度の食料を保管していた。

それなのに俺とメアの二人で二週間しかもたないというのは、どういうことだ？

「魔物との交戦で使ってしまったのと、家臣がここを離れる際に……」

「ああ、そういうことか」

言いにくそうにするメアの言葉を聞いて、俺は理解した。

どうやら残っていた食料のほとんどは家臣が領民などに配って逃げてしまったようだ。

「も、申し訳ございません！」

「いいよ、気にしないで。仕方ないことだから」

ここから隣の領地まで徒歩だとかなりの時間がかかる。家や畑をつぶされた領民に食料はなく、備蓄している保存食に手を出してしまうのも仕方がない。

「……ですが」

「この先こういう事はたくさんあると思う。何も悪くないメアが謝っていたらキリがないよ。今を悲嘆するよりも、先のことを考えよう」

「……はい」

俺がそう言うが、メアはどこか納得できなそうに頷《うなず》いた。

この辺りは理屈じゃなく感情だ。今すぐに切り替えることは難しいだろうな。

「水が問題ないんだったら食料だね。メアは畑の確認を頼むよ」

「わかりました」

魔物に荒らされたとはいえ、無事な作物や野菜、苗などがあるはずだ。

放置していると食べられなくなったりしてしまうので、まずはそれの確認と回収だ。

「ノクト様はどうされます？」

返事をしたメアがどこか不安そうに尋ねてくる。

この領地には二人しかいないし、いつ魔物がやってくるかわからない。

現状で離ればなれになるのは危険だな。とはいっても、二人で何ができるのだという疑問はあるが、精神的な問題で傍《そば》にいた方がいい。

「俺も外に出てスキルの確認をしてみるよ。これが使えるかどうかで、この先も大きく変わりそうだから」

「わかりました。では、行きましょう」

俺が傍にいるとわかると、メアは安心したように笑った。

◆

屋敷を出た俺とメアは、村人たちが生活している村にやってきた。

大森林に近い側の民家のほとんどは破損し、巨大な岩などで押しつぶされていた。

村人が耕していたであろう小麦や野菜は、踏みつぶされたりと無残だ。

「……思っていたよりも酷《ひど》いな。領地を襲った魔物はなんだったんだい？」

「オークの大群だそうです。私は避難していたので話でしか聞いていませんが、かなりの数の上に、上位種がいたのだとか……」

上位種がいたとなると、オークよりもさらに上位種であるハイオーク、オークジェネラルなどの可能性があるな。

「敵はどのように退いて？」

「ウィスハルト様が上位種に重傷を負わせて撃退したそうです」

オークの大群を相手に突破口を切り開いて、上位種と切り結ぶ兄上の姿が容易に想像できた。そうだよな。いつも兄上は率先して危険な障害に立ち向かっていっていた。そして、そんな兄を父が苦労して援護していたものだ。

オークの大群を撃退するとはさすがだな。我が兄ながら誇らしい。

「となると、遠くない間に再びここを攻めてくる可能性もあるね」

「ですが、私たちしかいない場所に攻め込んでくるでしょうか？」

「その可能性もあるけど、物事は最悪を想定して動いておく方がいいから」

「……そうですね。今のは私の都合のいい希望でした」

誰だって悲しいことがあれば、都合のいい希望を見出《みいだ》してしまう。外れスキルを獲得しても、父さんと兄さんがいれば何とかなると思っていた俺のように。

「では、私は使えそうな畑や食料がないか探してきます」

「ああ、俺はこの辺りにいるから、なにかあったら呼ぶし、メアもすぐに俺を呼んでくれ」

俺がそう言うと、メアは嬉しそうに笑って畑の確認に向かった。

「さて、俺は自分のスキルの確認だな」

俺が授かったスキルは【拡大&縮小】。

神殿騎士は、物を大きくしたり小さくすることのできるスキルではないかと言っていた。

拡大と縮小と言われると、俺も同様のことを思い浮かべるな。

前世ではパソコンでテキスト作成する際に、よくグラフや画像などを拡大したり、縮小したりと少しでも見えやすいように四苦八苦しながら微調整を繰り返していた。

俺のスキルも同様のものだと考えてもいいのだろう。

まずは何か物を大きくできるか試してみたい。

なにか適当な物がないかと探していると、足元に鍬《くわ》が落ちていた。

村人が畑を耕すために使う道具だ。俺の物ではないが、今はその所有者もいなくなってしまったわけだし、スキルの実験台にしてもいいだろう。

「えっと、拡大」

鍬を持ちながら唱えてみると、手の中に収まっていた鍬がみるみる大きくなった。

一メートルほどの長さが二メートルくらいになり、横幅もかなり増えている。

「おっと！」

それに伴い重さも増して、片手で持てた鍬を慌ててもう片方の手で支える。

「うわー、本当に大きくなったな」

鍬を大きくできたのは凄《すご》いが、これではまともに振ることができない。

でも、このスキルであれば縮小することもできるはず。

「縮小」

元の鍬の長さをイメージしながら唱えると、鍬は元のサイズに戻った。

なんだか面白いな。

しかし、このスキルで拡大すると全体的に大きくなってしまうのはいただけない。部分的に拡大することはできないのか？

「拡大」

鍬の長さだけを拡大するようにイメージしながら使用してみると、イメージ通り長さだけが拡大された。

俺の手元には二メートルの長さを誇る鍬がある。

重心が先の方にあるために、かなりアンバランスであるが結果的に部分的に拡大をすることができた。

その影響で横幅が狭くなったりするようなことは特にない。

アンバランスな状態で鍬を振ってみると、一応問題なく土を掘ることができた。

使いづらいし、検証も足りないけど拡大されたことによって道具が劣化するようなことはないようだ。

重さが増えたということは、拡大されるに伴って質量も増えたということ。

「……つまり、このスキルで食材を拡大すれば、より節約することができるんじゃないか？」

そうだとしたら、このスキルはかなり役に立つ！　天啓のように閃《ひらめ》いた俺は、畑を確認しているメアの下に駆け寄るのだった。

四話　食料を拡大

「ノクト様、どうかしましたか？」

「すまない、メア。試したいことがあるんだ。無事な作物か野菜はないか？」

「それならば、こちらに少しあります」

そういってメアの差し出した籠には、村人が育てていたであろうトマトがあった。

魔物の襲撃で被害を受けた畑であるが、このように無事なものもあるようだ。

「少しスキルを試してみたいから借りるよ」

「はい、どうぞ」

赤々としたトマトをメアから受け取る。

現状ではトマト一つでさえ貴重な食料だ。無駄にはできない。

だが、もしも俺の考えていたことが可能であれば、食料問題が大きく改善される可能性がある。

メアが不思議そうにこちらを眺める中、俺は手に持ったトマトに拡大スキルを使用する。

すると、手の平サイズに収まっていたトマトが、みるみる大きくなった。

やがて手に収まりきらなくなり、両腕で抱えきれない大きさになるとトマトの拡大が止まった。

「す、すごい！　トマトがこんなに大きく！」

普段知っているものと全く違うサイズ感にメアが目を丸くした。

「こ、これがノクト様のスキルなんですか？」

「ああ。【拡大&縮小】というスキルで物を大きくしたり、小さくすることのできるスキルみたいだ」

「ノクト様のスキルがあれば、少ない食材でも十分に生活ができる？」

「かもしれない。そのために、まずは食べられるか検証してみよう」

さすがにこのサイズのトマトに噛《かぶ》り付《つ》くのは厳しいので、メアに屋敷《やしき》から包丁を取ってきてもらう。

「すいません、屋敷にはまな板はなく、小さめのナイフしかありませんでした」

「俺のスキルで拡大すればいいさ。少し民家を借りよう」

申し訳なさそうに言うメアにそう言って、比較的損害の少ない民家の台所を借りることにする。

「ノクト様、トマトなら私が運びます！」

トマトを運ぶ俺を見て、メアが手伝おうとするが、巨大化したトマトは質量もかなり増しており、女性であるメアに任せるのは厳しい重さだ。

「いや、結構重いから大丈夫だよ。メアは先に入って、まな板がないか確認してみて」

「わかりました」

メアが先に民家に入っていく中、俺は重くなったトマトをゆっくりと運んでいく。

トマトって抱えるほどの大きさになるとかなり重いんだな。手の平サイズでも割とずっしりした重さがあったし、大きくなれば重くなるのも納得だな。

一応、昔から剣の稽古をして鍛えていたが、それでもかなり身体《からだ》に響く。

調子に乗って外で拡大するんじゃなくて、民家の中で拡大すればよかった。

あまり苦労して運ぶとメアに心配されてしまうので、平気な風を装って民家に運び込む。

「ノクト様、まな板が残っていましたのでお借りしましょう！」

「そうだな」

他人の物を使うのは気が引けるが、いなくなって所有権を放棄したものだ。領主である俺が再利用しても罰は当たらない。

まな板を水でしっかり洗ってもらって、テーブルの上に載せる。

そして、まな板を拡大。大きなトマトを載せても大丈夫なくらいに拡大すると、ほぼテーブルと同じ大きさになってしまった。

もはやまな板ではない気がするが、食材の大きさが大きさなので良しとしよう。

その上になんとかトマトを載せて一息つくと、メアからナイフを受け取る。

食材を切るような包丁ではなく、封を切ったり、植物を切ったりするのに使う万能小型ナイフ。

巨大になったトマトを切るには心許《こころもと》ない代物であるが、俺が拡大してやれば問題ない。

「拡大」

刃渡りが五十センチ程度になるようにイメージすると、ナイフはその通りに拡大された。

「もはや、ちょっとした剣だ」

「……ですね」

小型ナイフとは思えないほどに拡大されたものを見て、俺とメアは呆然《ぼうぜん》としてしまう。

とにかく、これなら問題ない。

大きくなったナイフを慎重に動かして、トマトを切る。

少し外側の皮が硬めだったが、ナイフの重さを利用するとあっさりと切断された。

巨大なトマトが真っ二つになり、中から果汁や果肉をさらけ出す。

さすがに半分にしてもまだまだ大きいし、刻むわけにもいかないので、一口分になりそうな外側を切る。

「それじゃあ、食べてみようか」

「はい」

さすがに拡大されたからといって毒になったりはしないはず。

とはいえ、これが食べられるかどうかでこの先の生活が大きく変わる。

俺とメアは期待と緊張を抱きながら、トマトを口に入れた。

「……普通にトマトだよね？」

「はい、特に味が薄くなったりなどの悪い変化もありません」

ということは、俺のスキルで拡大した食材でも普通に食べられる！　ガッツポーズを取りそうになったが、そう決めつけるにはまだ早い。

それでも期待感が募って、どうしても言葉に興奮は隠せない。

「メア！　他の野菜や作物を探そう！　同じように拡大しても問題なく食べられるか確認したい！」

「わかりました！　探してきます！」

ひとまず危ないのでナイフを縮小してから、俺とメアは外に繰り出して食材を集める。

小麦、きゅうり、大根、レタス、ニンジン、オレの実、ネギ、いんげん、玉ねぎといった無事な食材を見つけて、拡大して味見をしてみると、どれも問題なく食べることができた。

「いける！　拡大した食材でも問題なく食べることができる！」

「これならば少ない食料でも豊かに生活できますね！　ノクト様のスキルは素晴らしいです！」

驚愕《きょうがく》の事実に俺たちは歓喜に震えた。

これまで絶望を味わってきただけに、明確な希望の光が見えるとすごく嬉《うれ》しい。

少ない食料をやりくりしながらする生活を覚悟していたが、これなら人並みの生活を送ることができそうだ。

何せ、その気になれば一個の食材で何人も賄うことができるのだからな。

食料に多少の余裕はできたのは確かだけど、拡大された食材でも腐ることには変わらない。

だけど、今は食料事情の改善が見込めたことを喜ぶべきだろう。

物を大きくしたり、小さくしたりするだけの外れスキルだと思っていたが、使い方を考えれば万能なスキルに化けるかもしれないな。

五話　メアのスキル

「メア、収穫しないとすぐに食べられなくなってしまう畑を教えてもらえるかい？」

「わかりました。収穫ですよね？」

「うん、それもあるけど試してみたいことがあるんだ」

　俺がそう言うと、メアは不思議そうにしながらも畑を案内してくれる。

「ここにあるオレの実は収穫限界です。これ以上育ってしまうと花が咲き、実が硬くなってしまいます」

　オレの実というのは青い皮を纏《まと》い、中には橙 色《だいだいいろ》の粒のような果肉が入っている木の実だ。

　日数が経過してしまうと実に花が咲き、中の果肉が硬くなって食べられなくなってしまうのだ。

「何をなされるのですか？」

「これ以上生長すると食べられなくなるんなら、スキルで縮小しちゃえば保《も》たせることができるかなーって」

　オレの実が生長することで食べられなくなるのであれば、縮小して生長を阻止してやればいい。

　実が小さくなるとオレの実が、まだ生長段階だと勘違いして花を咲かせない。そんな風になればいいなと思っている。

「なるほど！　それなら急いで食べることも腐る心配もなくなりそうですね！」

「とはいっても、縮小されたまま食べられなくなる可能性もあるけど」

「それでもやってみるだけの価値はあると思います！　いくつかの畑で試してみましょう！」

「そうだね」

これは決して可能性の低いものではないと思う。とはいっても、すべての食材に試すのはリスクが大きすぎるので、普通に収穫もしておく。

現状では領民が二人しかいないので、ほとんどの食材は無駄になってしまうけどな。

それでも俺とメアは畑を順番に回って、収穫ギリギリの食材を収穫していく。

そして、そのいくつかは収穫せずに、縮小をかけておいた。

「ふう、これで大体の食材は収穫できたね」

「そうですね」

「縮小をかけた食材も思惑通りになればいいけど」

なんて言いながらメアに視線を向けると、彼女はどこか浮かない顔をしていた。

状況としては俺のスキルのお陰で希望は見えているはずだ。それなのに、どうしてそんなに暗い顔をしているのだろうか。

「……メア、どうかしたのかい？」

「い、いえ、なんでもありません」

俺が尋ねると、メアは苦笑して首を横に振るが明らかにそうは思えない。

「メア、言いたいことや不満に思っていることは遠慮なく言ってくれ。それが、別の領地に逃げたくても俺は怒ったりしないから」

「そんなことは思っていません！　……ただ、ノクト様は自分のスキルを使って必死に状況を改善できているのに、私は何一つお役に立てないことが申し訳なくて」

しょんぼりとしながら心境を吐露するメア。

どこか浮かない顔をしていると思ったら、そんなことを思っていたのか。

「そんなことないよ。メアはしっかりと領地のことを把握して働いてくれているじゃないか」

そして、領民全員が逃げ出した中で、たった一人残ってくれたことが何よりも嬉《うれ》しかった。

一人じゃないんだということ、父や兄ではなく俺に仕えたいと言ってくれたメアの言葉は俺に希望を与えてくれた。

そんなメアが役に立っていないはずがない。

「ですが、ノクト様の方が大きな貢献をしています。私にも貢献できるようなスキルがあればいいのに……」

励ましの言葉をかけるが、メアの表情が晴れることはなかった。

メアの獲得しているスキルは【細胞活性】。本人によると、ちょっとした怪我《けが》の治癒を促す作用があるらしい。

そのスキルのお陰で屋敷《やしき》では擦り傷や切り傷の際に、メアにスキルを施してもらうことが多々あった。が、【剣術】や【身体強化】などの戦闘スキルに比べると活躍の幅が狭いのは否めない。

スキルの差による劣等感を抱いてしまう気持ちはわかる。

王都でスキルを授かった時の俺も、メアと同じような悩みを抱いたからだ。

華々しい活躍をする父や兄と比べると、あまりにも地味でわかりにくいスキル。

馬車の中でメアと同じように劣等感に苛《さいな》まれたものだ。

メアの気持ちを何とか明るくできないだろうか。

勿論《もちろん》、時間が経《た》てば癒えるし、区切りもつくものであるが、俺と一緒にいる限りはずっと苛まれるかもしれない。

なにか俺のスキルのように新しい使い道を見つけてやればいいのだが。

細胞の活性化、治癒の促し……。

「そうだ！　メアのスキルを使って作物や野菜を育ててみるのはどうだ？」

「作物や野菜をですか？」

「メアは人間の細胞を活性化させて治癒を促すことができる。だったら、植物にある細胞を活性化させて生長を促すこともできるんじゃないか？」

俺の提案に顔を明るくするメアであるが、すぐに陰りがさしてしまう。

「確かにできそうですが、私ができるのは微々たるものですよ？　お屋敷でも擦り傷や切り傷の治癒を促す程度でしたし」

確かにメアの言うこともっともだ。

メアのスキルの力では作物の生長を促すには力不足かもしれない。

うん？　力不足？　スキルの力が弱くて力不足なのであれば、俺が拡大してやればいいんじゃないだろうか？

いや、さすがにこれは無理か？　神殿騎士は俺のスキルを物に作用するスキルだと言っていたが、初めて見るスキルだとも言っていた。

ということは、彼の既存の知識に当てはまるスキルではないとも言える。

物以外にも作用する可能性があるのなら試してみるべきだ。

「メア、ちょっとあそこにあるカブの新芽にスキルを使ってみて！　また試したいことがあるんだ」

「は、はい」

突然の提案に戸惑いをみせるメアであったが、すぐに行動に移してくれる。

メアは屈《かが》むと、まだ芽を出したばかりの新芽に手をかざした。

メアの手から淡い光が放たれて、新芽が光に包まれる。

その瞬間、メアの【細胞活性】スキルに俺は拡大をかけた。

メアのスキルが大きくなるように、【細胞活性】によって新芽がすくすくと生長するようなイメージで。

すると、メアの手に宿っている光が強く輝いた。

「こ、これは……？」

メアの【細胞活性】スキルが拡大され、新芽に力強い光が宿る。

そして、カブの新芽は瞬く間に葉を茂らせ、地面から白い根を露出させた。

「あっという間に新芽からカブに……！」

まさかと思ってやってみたが、想定以上の結果だ。

これにはスキルを発動したメアも驚いている。

「ノクト様、これは一体？」

「メアのスキルを拡大させてもらったんだ」

「私のスキルを拡大……ですか？」

「ああ、強い効果を発揮できなくても、俺が補助として拡大すれば強い効果が得られるんじゃないかって思ってさ。それにしても予想以上の効果だよ。メアのスキルも凄《すご》いじゃないか」

「ノクト様の力があってこそですよ」

「それでもメアの【細胞活性】というスキルがないとできなかったことだよ。これがあれば、多くの作物を瞬時に生産することができる。これはメアの大きな貢献さ」

「私のスキルが大きく貢献……」

俺の言葉を反芻《はんすう》するメア。

自分のスキルによって起きる現象に理解が追い付いていないのだろう。

だが、時間が経過すると徐々に落ち着いて理解できたらしく、メアは表情を綻ばせた。

「私なんかのスキルでもお役に立てるのですね。ノクト様、ありがとうございます」

「どういたしまして」

よかった。メアが笑顔になってくれて。

嬉しそうにするメアを見て、俺も思わず頬を緩めるのであった。

六話　縮小世界

畑に残っている使えそうな作物をあらかた収穫すると、メアは畑の整理に行った。

メアのスキルを拡大することによって、瞬時に作物を作ることができる。

それは俺たちの領地にとって大きな希望だ。

つまり、畑を多く作れば作るほど大量の作物を生産することができる。

生長過程で魔物の被害に遭うことも、病害に遭うこともほとんどない。即座に生産できる作物というのは生活の安定しない農民にとっては圧倒的な強みだ。

魔物の被害に怯《おび》える領地から、魔物の被害があるけど安定して作物を大量生産できる売りどころが付与されたのである。

これは大きな進歩だ。

荒廃した過酷な領地に領民を呼び込むのは心苦しいが、これならば何とかできる。

それに伴って、俺たちができることは領地の再生だ。

売りどころがあるとはいえ、荒廃した領地に人を呼ぶわけにはいかないのでメアには急いで畑を整理してもらっているのである。

そして、俺はというとスキルの検証だ。

メアだけに働かせるのは忍びないが、今の希望になっているのは間違いなくスキルだ。

スキルについて一刻も早く把握しておく必要がある。

俺のスキルは、物、さらにはスキルにまで作用した。

すると、次に気になるのは人に作用するかだ。

とはいえ、いきなり自分に使用するのは怖いものがあるので、まずは身近な生物であるスライムで試してみようと思う。

スライムといえば、ゲームやアニメでも定番の魔物。

とはいっても、ほとんど無害で赤子でもない限り負けることはない。魔物の中でも比較的危険の少ない魔物だ。

もし、縮小が発動すれば、スライムが小さくなるということになる。

俺のスキルは魔物にも作用するのか……。

緊張でドキドキしながらスライムに手をかざして縮小スキルを発動してみる。

「縮小」

すると、スライムの体が震え、みるみると小さくなった。

「まさか生き物にまで作用するとは……」

思わず縮小されてしまったスライムを持ち上げてみる。

一抱えほどの大きさだったのだが、手の平に収まるほどになっていた。

とはいえ、スキルが作用する瞬間、僅かな抵抗感のようなものを感じた気がした。

もしかすると、生き物に作用させるには相当な力の差や、了承のようなものが必要なのかもしれない。

俺はスライムを地面に置いて、今度は拡大をかけてみる。

すると、微《かす》かな抵抗感があったものの、スライムはぐんぐんと大きくなった。

「おお、スライムもここまでデカいと迫力がある」

全長五十センチほどだろうか。サイズは既に俺の膝の高さを越えていた。

大きくなるのも問題ないことがわかったので、縮小をかけて元に戻す。

他にも生き物はいないかと思って探し回ってみるが、領内の畑なのでそれらしいものはいない。

すぐ近くの畑にはメアがいるが、さすがにスキルを試させてくれとは言いづらい。

「……自分の身体《からだ》で試してみるか」

俺は自分の身長を少し伸ばすイメージで拡大をかけてみる。

すると、俺の身長がゆっくりと伸びて目線が僅かに上がる。

元の身長が百六十センチ後半だったが、今は百八十センチくらいありそうだ。

父や兄がこれくらいの高身長だったので、ちょっと憧れの存在になれた気分だ。

「おっとっ！」

しかし、急に身長が伸びてしまったからだろうか。ただ畑の傍《そば》を歩いているだけなのに、ちょっとした段差につまずいてしまった。

「自分を拡大すると、手足の長さが変わって感覚が狂ってしまうな」

自分の身体なのに違和感を抱いてしまう。

戦闘時や力仕事の時は身体を大きくしようかと考えたが、これは一朝一夕ではできなそうだ。

元の身体に戻った時に起こる違和感も考えると、長い期間をかけて馴染《なじ》ませる必要がありそうだ。

とはいえ、遠くを見たい時や見栄《みえ》を張りたい時に使えるかもしれないな。

なんて苦笑しながら元の身長をイメージしてスキル解除。

こっそりと数センチ伸ばしておこうとも考えたがやめておいた。

拡大が発動できたなら、縮小も発動するだろうな。

今度は自分の身体に縮小をかけてみる。

すると、俺の身体がどんどんと小さくなって目線が下がっていく。

足元にあったはずの雑草が覆いかぶさり、転がっていた石ころでさえ見上げるような大きさになった。

「すごい！　まるで童話の小人になったみたいだ！」

全ての物が自分の知っているスケールと違う。今まで見下ろしていたものが見上げる側に変わるとここまで印象が違うとは。

小さなこの身体にとっては雑草でさえも、深い森のように感じられる。

歩いてみるとちょっとした地面の凸凹でさえ、大きな障害だ。

元の身長の頃は何も気にしない部分が、小さな身体になるとここまで障害になるとは。

「あれ？　ノクト様？」

大きくなった畝《うね》を見上げていると、メアの声が響いてきた。

「ノクト様？　どこに行かれたんですか？」

メアのどこか不安そうな声が畑に響き渡る。

縮小スキルで小さくなってしまっただけなのだが、メアからすれば突然俺がいなくなったかのように思えたのだろう。

「メア！　俺はここにいるぞー！」

精一杯声を張り上げて叫ぶが、身体が小さくなった影響で声量も小さくなってしまったようだ。

メアはこちらに気付くことなく、不安そうに俺の名前を呼ぶ。

声が届かないとわかったので、近くにある雑草を何とか揺すってみるが気付かれることはない。

当然だった。俺が元の大きさだとして雑草が揺れようが気にするはずもない。

すぐに拡大で元に戻ろうと思った瞬間、大きな影が落ちた。

何か生き物でも襲い掛かってきたのかと怯えながら見上げる。

すらりと伸びた形のいい白い足に、肉付きのいい太ももの奥に見える白い布が――って、女性の下着じゃないか！

この辺りにいる女性といえば、もう一人しか心当たりがない。

「ノクト様ー？」

真上から響いてくるメアの声。

思わずそれに答えようと大声を上げようとするが、ふと我に返る。

縮小スキルで小さくなって、メイドのスカートの中に入り込む領主。

……これは明らかにダメなやつだ。

現状を顧みてそう判断した俺は、メアに踏まれないように気を付けて動き回る。

小さくなった今の俺からすればメアは巨人に等しい。

もし、踏まれでもしたら一巻の終わりだ。

スキルの実験中踏まれて死亡だなんてあまりに情けなさすぎる。

「もしかしたら、屋敷《やしき》にお戻りになったのでしょうか？」

この辺りに俺がいないと判断したのか、メアが遠ざかっていった。

「よかった。踏まれなくて――――っ⁉」

身の危険が遠ざかってホッとするのも束《つか》の間《ま》、またもや大きな影が落ちてきた。

もしかしてメアが戻ってきたかと思ったが、後ろにいたのは先程までスキルで実験していたスライムであった。

スライムは自分より小さな生き物である俺を餌とみなしたのか、体を蠢《うごめ》かせて取り込もうとしてくる。

スライムに負けるのは赤子くらいのもので人間が負けることはほとんどない。

しかし、スライムよりも小さな身体になっている今の俺は赤子以下だ。

その粘着質な体に取り込まれてしまえば最後。

脱出することすら敵《かな》わずに窒息死することになる。

「う、うわああああああああっ⁉」

俺は急いでその場を離れて、自分に拡大を施す。

そうすることで、俺はようやく元の身体の大きさに戻り、スライムに窒息死させられる心配はなくなった。死の危機に晒《さら》されて荒くなった呼吸を整える。

「……ふう、危なかった」

成人したにも拘《かかわ》らずスライムに殺されかけるなど、この世界でも俺だけなんじゃないだろうか。

思わぬところで命を落としそうになった。

縮小スキルでメアの下着を見てしまった罰が下ったのだろうか。

「自分を縮小する時は使いどころを見極めないと大変なことになるな」

人の多いところで小さくなれば踏まれて死ぬ可能性があるし、動物にだって襲われる可能性がある。通りすがりの鳥に咥《くわ》えられて、空の彼方《かなた》ということもあり得るのだしな。

今回の検証でそれが実感できたのが大きな成果だろう。

七話　土魔法を拡大

「……どうしたものかなぁ」

目の前ではオークに粉砕された防壁の破片や、木製の柵が無残に転がっており、遠くでは大森林が見えている。

そんな光景を見て、俺は頭を抱えていた。

拡大スキルを使用すれば、少ない材料で十分な量の食料が手に入る。

食料の生産についてはメアが【細胞活性】を発動し、俺が拡大をしてやって効果を増大すれば大量生産をすることができる。

という感じで、領地の食料問題は現時点では快調といっていい。

食料が安定すると次に取り掛かるのは住処《すみか》になるのだが、こちらに関しては現状二人しかいない上に、被害のなかった屋敷《やしき》なので問題はない。

仮に必要になるとしても領民が増える時なので、後回しでいいだろう。

となると、次に動くべきは領内の安全だ。

大森林からやってきたオークのせいで領内の防壁や柵は破壊されている。

今や大森林側の防壁は何もない。

つまり、また魔物に攻めてこられると一直線で領内に侵入されてしまうということになる。

そんな恐ろしい状態で領民が暮らせるはずもないので早急に対策をしなければいけない問題だ。俺とメアの命にもかかわる。

勿論《もちろん》、領内すべてを王都にあるような立派な城壁で囲うことは金銭的、人材的、時間的といったあらゆる面で不可能だ。

というか、大森林側だけであっても不可能。ビッグスモール領は広さだけでいえば中々のものなので、そのすべてに防壁を築くとなると莫大《ばくだい》な時間とお金がかかる。

しかし、命に係わる以上放置することはできない。そんな状態であった。

たとえ、焼け石に水であっても防壁や柵の一つでもあれば戦いが楽になるし、逃げる時の時間稼ぎになるかもしれない。

自分一人ならば自己責任で命をあきらめる覚悟をするという選択もあるが、たった一人残ってくれた心優しいメアもいるからな。

彼女までそのような危険に晒《さら》したくはない。なんとかできないものだろうか？

俺は職人じゃないから物作りなんてできないし、時間をかけて小さな柵を立てることが精一杯だな。

たとえ、稚拙であっても柵を拡大で巨大化すれば、立派な防壁になるのではないだろうか。

いや、スキルで拡大したとはいえ所詮は木材。オークの膂力《りょりょく》をもってすれば、たやすく破壊されてしまう。

硬い素材を利用した頑丈な防壁であることが望ましい。

「防壁を作り出して拡大スキルで巨大化して、分厚くしてやれば……」

そのようなアイディアが閃《ひらめ》いたものの、そもそも防壁を作ることが俺とメアにはできない。

「となると他の方法といえば、魔法か……」

この世界にはスキルの他に魔法という力がある。

火、水、風、土、光、闇といった属性があり、俺たちはそれぞれ適性があるものが使える。

しかし、それは才能や魔力といったものが伴って初めて使えるものだ。

俺には才能や魔力も平凡なもので火属性と土属性の適性があるが、精々火球を飛ばしたりちょっとした土壁を作れる程度。

そんな小規模な魔法しか使えない俺なのだが、魔法に拡大を施してみればどうだろうか？

たとえ、しょぼい土壁しか作れなかったとしても、拡大で補強してやれば強力な魔法のような事象が起こせるのではないだろうか。

土魔法で小さな壁を生成しまくって、それを拡大し続ける。

そうすれば大きさ、強度が十分な防壁を作ることができるはずだ。

それを量産して並べてしまえば、時間はかかるものの王都のような城壁を築くことができるのではないだろうか。

現状での効果を考えると無理ではない気がする。

「アースシールド！」

俺は淡い期待を抱きながら、土魔法を発動。

　すると、かつての防壁があった地面が隆起して四角い土壁が生成された。

　とはいっても、俺の魔力や才能では長大なものを作ることもできないが、拡大を使う以上大きなものにする必要はない。

　自分の膝下程度までの壁ともいえない大きさだ。

　しかし、これに拡大スキルをかけるので十分だ。

「拡大」

　アースシールドめがけて拡大を発動。

　すると、アースシールドがぐんぐんと高さを増した。

「おお、これはすごい！」

　見上げるほどの高さになったアースシールドを見て感嘆の声を漏らす。

　これならオークがやってきても軽々と乗り越えることはできないだろう。

　しかし、高さはあるものの、このままでは耐久性に難がありそうだ。

　今度は幅を増やすために追加で拡大を使用すると、高さはそのままで幅が広まった。

　そうして、出来上がったのはまるで凄腕《すごうで》の魔法使いが作りあげた土壁だ。

　たった一面しかない防壁であるが、その大きさと分厚さは王都にある城壁に引けをとらないと思う。

「ただ、やっぱり大規模になると疲労感がくるな」

　防壁を一面作ってから身体《からだ》が異様に怠《だる》い。恐らくスキルを使用したことによる疲労だと思われる。

スキルによっては使用者に大きく負担がかかるものもあるという。俺のスキルもそれに含まれるようだ。

しかし、スキルも習熟するほどに効果が上がったり、疲れにくくなったりすると聞く。

俺の【拡大&縮小】も習熟すれば、もっと拡大できたり、疲れにくくなるはずだ。

最小魔力でアースシールドを生成し、拡大していくので俺の少ない魔力でも十分な数が作れる。

「どんどんアースシールドを作って拡大スキルを使っていかないとな」

唯一残ってくれたメアが少しでも安全に暮らせるためだ。俺が頑張らないとな。

◆

「アースシールド！　拡大！」

アースシールドを生成して、拡大スキルで巨大化していく。

少ない魔力消費であっという間に防壁を生産していく俺であるが、さすがに量産していけば魔力は減って、スキルによる疲労も重なる。

大森林側の領地に防壁を作りまくっていた俺にも限界が訪れはじめていた。

魔力不足とスキルによる疲労で身体がとてつもなく重いし、眠い。

もう切り上げて続きは明日からにしたいが、大森林にいる魔物はこちらの都合なんて考慮してくれない。

いつ攻め込んでくるかわからないのだ。その時に後悔するよりも、今のうちに手を打っておきたい。

「はぁ、はぁ……アースシールドっ！」

残り少ない魔力からさらに搾り取って土壁を作る。

もはや、最初に作ったものよりも、半分以下の大きさ。小さなコブのようにしか見えない。

別にそれでもいい。後は拡大スキルで巨大化してやればいいのだから。

「か、かくだ――」

拡大を使用しようとしたが疲労により、身体がフラついてしまった。

あっ、地面に倒れてしまう。

「ノクト様！」

傾いていく視界を見て、そう思っていたが誰かが身体を支えてくれた。

朦朧《もうろう》としながら視線を上げると、そこにはメアの顔があった。どうやらメアが駆けつけて、咄嗟《とっさ》に受け止めてくれたらしい。

「……メア？　どうしてここに？」

「あんな高い防壁が建っていればノクト様の仕業だとすぐにわかります。そんなことよりも、どうして倒れるまで無茶しているんですか！」

「大森林の魔物に備えるためだよ。今のままじゃあまりに危険だ。領主である以上、俺には家臣であり、領民であるメアを守る義務があるから」

「だとしても、ノクト様が倒れるまで無茶するのは間違っています。もし、ノクト様が命を落とされでもしたら私は……」

怒りを露《あら》わにしていたメアであるが、次第に表情は崩れて泣き顔へと変わっていく。

メアを泣かせてしまったという事実に俺は愕然《がくぜん》としてしまう。

メアを不安にさせまいと行動していたつもりだが、却《かえ》って不安にさせてしまったようだ。

「ごめん、メア。もう無理はしないから」

「そうしてください」

メアがホッとしたように笑うのを見て、俺は意識を暗闇に落とした。

八話　筋力の拡大。そして……

魔法とスキルを酷使して倒れてしまった翌日。俺はメアと共に領地の畑にやってきていた。

「本当に体調は大丈夫なのですよね？」

「大丈夫だよ。しっかりと休んだからね。魔力も回復しているし、スキルの疲労も残っていないよ」

「とはいえ、また倒れられたら困るので今日は軽めでお願いしますね？　魔法の使用やスキルも最小限でお願いします」

「わかってるよ」

本当は魔法とスキルを使って防壁作りをしたかったのであるが、昨日ぶっ倒れるほどやってしまったのでメアが許してくれなかった。

さすがに迷惑をかけてしまった以上、メアの言う事に従うしかない。

無理をして倒れてしまっては結果的に作業に遅れも生じることになるからな。

人間休むべきところは休むほうがいいのだろう。

とはいえ、完全に休めるほど今の領地に余裕がある状態ではないので、今日は魔法やスキルをあまり使わない開墾作業だ。

メアとしては屋敷《やしき》でゆっくり休んでいてほしかったらしく、俺が開墾をすることが不満のよう。

でも、それだけ俺のことを心配してくれているってことだよな。メアのそんな優しさが伝わってくるようで嬉《うれ》しい。

「どうかしましたか？」

思わず頬を緩めていると、メアが小首を傾《かし》げて尋ねてくる。

「いや、何でも。それより、ここの土を掘り起こせばいいんだよね？」

「はい、この辺りの雑草や石は既に取り除いているのでお願いします」

「わかった」

メアから鍬《くわ》を受け取った俺は、指定された土に向かって鍬を振り下ろす。

ザクッと音がして地面が抉《えぐ》れるが、深く掘れたような感触はない。

畑として使われていない場所なので土が硬いな。まあ、それを柔らかくしてやって作物を育てやすくしてあげるのが今の仕事だからな。

俺はドンドンと鍬を振り下ろして地面を起こしていく。

こういう単純な作業をしていると領地のことを色々考えないで済むので、気晴らしにもなっていいな。

なんて最初は呑気《のんき》に思っていたが、鍬を振るい続けるにつれてそのような余裕はなくなってきた。

軽かった鍬が重くなって、地面を掘り起こす速度も緩慢になっていく。

鍬ってこんなに重かったっけ？

怠《だる》くなった両腕で重く感じる鍬を振り上げて、振り下ろす。

顔を上げて息を吐くと、俺よりも遥《はる》か前方でメアが鍬を振り下ろしているのが見えた。

メアは俺と違って畑仕事にも慣れているからか、華奢《きゃしゃ》な身体《からだ》ながらも堂に入ったフォームを見せる。土を掘り起こしていく速度も段違いだ。

俺も剣の稽古で身体を鍛えていたつもりではあるが、経験でここまでの差が出るとは。

メアの方が慣れているとはいえ、領主であり、男である俺が先にへばってロクに仕事もできないようでは情けない。

重く感じる鍬を縮小して……いや、それじゃあ鍬の重さも減ってしまって余分に力を込めるはめになる。

「だったら、俺の筋力を拡大してみるか？」

人体の筋肉であれば、前世の学校で習っているので大まかに頭に入っている。

全身の筋肉を意識しながら、その筋繊維が増大するように拡大をかけてみる。

すると、筋肉が少し盛り上がり、身体に力が湧いてきた。

試しに鍬を持ち上げてみるとかなり軽く、振り下ろすとしっかりと深くまで土を掘り起こすことができた。

「すごい！　まるで【身体強化】スキルみたいだ！」

自分のものとは思えないパワーに驚きながらザックザックと鍬を振るっていく。

目の前にある硬い土がドンドンと柔らかくなっていくのがとても楽しい。

その上、筋力を拡大しているから鍬をいくら振るっても疲れることがないときた。今の俺なら無限に鍬を振ることができる気がする。

筋力を拡大した俺は、そのままドンドン土を掘り起こしていくのであった。

◆

「……はい」

「無茶はしないでくださいと言いましたよね？」

「はい」

「……ノクト様」

筋力を拡大して鍬を振るっていた俺。

メアに言われた範囲の土を掘り起こしたまではよかった。

しかし、スキルを解除すると、拡大の影響で全身が筋肉痛のようになり、動けなくなって倒れた。

お陰でこうして屋敷に運び込まれて、メアが頬を膨らませているのである。

昨日倒れて心配されたというのに、翌日も同じように倒れていたら彼女が怒るのも当然だな。

俺が逆の立場でも、何をしているんだと叱りつけたくなるし。

よくよく考えればこの結果になるのは当然だった。

拡大スキルで無理矢理筋力を増大させたことにより、パワーを発揮していたのである。

それはドーピングのようなもので、元に戻せば酷使された筋肉が悲鳴を上げるという結果が残る。

そのことを考えずに、俺はつまらない見栄《みえ》と好奇心を発揮してしまった。

「なのに、どうしてまた倒れるようになるまでスキルを使ってしまうんですか？　私の言葉はまったくノクト様に響いていなかったのですか？」

普段はお淑《しと》やかなメアも今回の事件で不機嫌を露《あら》わにしている。

「いや、そんなことはないよ。ちょっと補助のために筋力を拡大してみただけなんだ。その反動を考えていなかっただけで、スキルを使い過ぎたわけじゃないよ」

「たとえ、そうでも昨日倒れたことを考慮して自重すべきです！」

言い訳をしようとすると、メアが正論をぶつけてくる。

「……まったくもってその通りでした。ごめんなさい」

それがあまりにも正しくて言い返すことのできない俺は素直に謝った。

すると、険しい表情をしていたメアに微笑《ほほえ》みが戻る。

「ノクト様のお陰で領内は順調に回復してきているのですから、あまり無理はしないでくださいね」

「ああ、わかった」

この程度の筋力拡大だったから重度の筋肉痛で済んでいるが、もっと考えなしに使っていれば筋肉の断裂なども十分にあり得た。

筋力の拡大はドーピングなので、その辺りを十分に考えないといけないな。

「ごめん、メア。水をとってくれる？」

ベッドの傍《そば》にあるテーブルには水差しがあるが、全身が筋肉痛の今の状態では手を伸ばすのも辛《つら》い。

「しょうがないですね」

俺が頼むと、メアは水差しからコップに水を入れてくれる。

「はい、口をあけてください」

「え？　いや、自分で飲めるんだけど？」

さすがにこの年齢になって、同い年の女の子に飲まされるのは恥ずかしい。

「筋肉痛で辛いんですよね？　ノクト様にご無理をさせるわけにはいきませんから」

そんな俺の気持ちを知っているにも拘《かかわ》らず、メアはいつになく強気でそう言ってくる。

ここで否定すれば今日は介護してくれない可能性があるので、観念して口を開けるとメアがゆっくりと水を飲ませてくれた。

「もう少し飲まれますか？」

「……いや、もういい」

至近距離で尋ねられてしまって思わず顔を背ける。

もう喉の渇きなんてどうでもいいくらいに恥ずかしい。

「では、食事の用意をしてきますね。安心してください、ご飯も私が食べさせてあげますから」

あ、これは満足に動けない俺を見て楽しんでいるな。

にこにことしているメアを見て、そのことがよくわかった。

もう筋力拡大で無理はしない。そのことを強く誓おう。

メアが退出すると寝室で一人になる。

筋肉痛で動けないだけで、特に眠いというわけではない。

身体を動かすことができないので、今の自分にできるのは考えることだけ。

俺の授かった【拡大&縮小】は想像以上に使えるスキルだった。

物を大きくしたり、小さくするだけでなく、人やスキル、筋力といったあらゆるものに作用する。

そのお陰で領内の食料事情は改善に向かっているし、魔法と合わせることで安全性も高められている。

兄のような完全な戦闘スキルではないが使い方によっては戦闘にも使えるし、父のような支援役として力を発揮できる万能のスキルだ。外れスキルなどでは決してない。

ここ数日の検証結果を得て、俺はそう思えるほどに自信をつけていた。

「この事がもっと早くわかっていれば、逃げ出した領民もここに残っていてくれたんだろうか?」

そんなことを思ってしまったが、過ぎてしまった以上はどうにもならないことだった。

九話　人材不足

「人材が足りない！」

屋敷《やしき》の執務室で、俺はハッキリと告げた。

食料事情や安全性、それらは俺とメアがスキルを駆使することでどうにかなる。

しかし、それ以上発展させて富を築くには人材が必要だ。

「確かにそうですね。私とノクト様でできることには限界があります」

「その通りだ。今までは領内が荒れ果てて、大森林にロクな対策もできていなかったが今はもう違う。安定した食料供給だってできるし、家だって無傷のものもある。それにもうじき大森林側の防壁だって完成だ。今の状態なら領民を呼び込むことは不可能じゃない」

大森林に近いというデメリットこそあるが、それを補う豊富な食料や拡大スキルによって作られた防壁がある。

これならちょっと魔物の危険があるけど、住むには悪くないと思えるはずだ……きっと。

あとは人がたくさん集まれば、しっかりとした街ができるはず。

「どうやって領民を集めます？　もしかして、元領民を見つけて呼び戻すのですか？」

「流石《さすが》に一度見捨てた領主の元に戻る者はいないだろう。呼び戻すつもりはない」

「そうですよね……」

ハッキリとそう告げると、期待の眼差《まなざ》しを向けていたメアがシュンとしてしまった。

俺も一緒に頑張っていた元領民と再スタートしたい気持ちはある。

だが、それは一度壊れてしまった関係だ。それを完全に修復してやっていくのは難しいだろう。

「一番は王都などの大きな街で募ることだが、今の状況で二人とも領内を離れるのは難しい。だから、行商人のラエルを頼ろうと思う」

「ラエルさんと言いますと、定期的にうちにやってきていた方ですよね？」

「ああ、そうだ。ラエルとは今月も末に取引をする約束をしている」

「ですが、その……今の私たちのところにやってきてくれるでしょうか？」

俺の言葉を聞いて、メアがどこか言いづらそうに言った。

メアの懸念していることはわかる。

ビッグスモール領は魔物の襲撃を受けて、領主と長男が亡くなった。そして、次の領主である俺を見捨てて領民は逃亡してしまった。

普通の行商人であれば、ビッグスモール家に見切りをつけて取引に行かないだろう。

「金の切れ目が縁の切れ目。利がまったくなくなってしまったビッグスモール領に普通の商人はこないだろうな。ラエルもその商人の中に入るんだが、あいつは義理くらいは果たす男だ。俺が生き残っていることを知って、別れの言葉を告げにくる」

自分に利がないことには無関心であるが、決して非情な男ではない。

小さな頃から顔を合わせて会話していたので、それくらいはわかる。

まあ、その予想が外れたらどうしようもないんだけどな。

「別れの言葉……」

「二人しかいないビッグスモール領に商売にきても、ラエルにとっては何の売り上げにもならないからな。だからこそ、そこで全力で売り込む。たった二人しかいなくても、利が出せるということを」

ラエルは、情で絆《すが》り付《つ》けば融通してくれるような甘い性格をしていない。

しかし、利に敏《さと》いがゆえに、確かな利が出ると感じればすぐに動いてくれる奴《やつ》だ。

そのために交渉材料が必要。

「ノクト様が拡大した作物をたくさん売りつけるのですか？」

「それも方法の一つだけど拡大した作物を輸送するのは厳しいかな」

俺が付いていって、売り先で拡大するなら利益が出るかもしれないだろう。

しかし、それでは時間がかかる上に難しい。

かといって、トマトのように大きく拡大したものを運べば、馬車に載せられる商品が少なくなってしまう。

「では、どのような方法で利があることを示すのですか？」

「一番簡単なのは手元にある高価な物を拡大して売りつけることだな」

貴重な魔物の素材や宝石、鉱石類。それらを拡大すれば、莫大《ばくだい》な利益が出るだろう。

「あ、あの、それでしたらお金を拡大するというのは……」

メアがおずおずと提案してくる。

それはもっとも簡単で楽に大金を稼げる方法だ。

「俺も最初にそれを考えたけど、貨幣は国の財産だから勝手に潰したりすれば犯罪になるんだ。少し程度やったところでバレないだろうけど、できるだけリスクは背負いたくない」

「そうだったのですね。知恵が回らず申し訳ありません」

「いや、こんなことは商人や貴族でもない限り知らないものだから。メアが提案してくれるのはすごくありがたいから、これからも遠慮なく言ってほしいな」

「わかりました。ありがとうございます」

一人で考えるにはどうしても限界がある。

違う視点から意見してもらえるだけで、自分では気づかない側面に気づけたり、脳を活性化させることができるからな。

「それでノクト様は何を拡大されるおつもりですか？　お金以外となると、屋敷にはあまり高価な物はありませんが……」

メアが不思議に思うのも当然だ。うちの領地はただでさえ魔物の被害に悩まされており、その対処に追われているのでロクに財産などない。

昔はあったみたいだが、防壁の修理や武具の買い付け、領民の生活保障などで消え去ってしまった。

今の屋敷には高価な宝石の一つすらない。だが、俺の手元になら一つだけある。

「俺のネックレスについている宝石を拡大して売る」

首にかけていたネックレスを外して見せる。

素朴なネックレスであるが、中央についている赤い宝石は見事だ。

拡大してやれば、それなりにいい値段になるだろう。この世界でも巨大な宝石というのは、それだけで価値がつく。

「ダメです！　それはノクト様のお母様の形見じゃないですか！」

メアの言う通り、これは小さな頃に母がくれた大事なものだ。

だからこそ、今まで売らずにとっておいた。

「……そうだな。だけど、これが利益が出ると示すのに一番わかりやすいんだ」

中途半端なものではラエルが見切りをつけてしまう可能性がある。

その点、宝石はこれ以上なくわかりやすい代物だ。

「ですが、そんなのって……それではノクト様が……」

俺が大森林の魔物を余裕で倒せる力量ならば、素材をとってきて拡大できただろう。

近くにある鉱山について把握していれば、違う宝石や水晶を発掘して拡大できたかもしれない。

しかし、今の俺たちにそれはできないことだ。

最小の労力とリスクでできる物があるなら、俺はそれを選ぶ。

本音を言えば、売りたくはないがそうも言っていられない状況だ。

「……母上の形見も大事だけど、それ以上に大事なのは俺たちの未来だからな」

この宝石を拡大して、ラエルにビッグスモール領での商売は利益があると思わせる。

そして、これを取引材料にしてうちに住んでくれる領民を連れてきてもらうんだ。

◆

それから俺たちは行商人であるラエルを待つことにした。

しかし、その間に何もしないなんてことはない。メアは少しでも畑を再生し、開墾して、俺はアースシールドを拡大してドンドンと防壁を築いていく。

ラエルが領地にやってきても、まだまだビッグスモール領は終わりではない。むしろ、これから軌道に乗って、多くの人が集まる街が出来上がる。

そんな前向きな希望を少しでも抱いてほしいからだ。

そうやって末の日まで過ごしていると、俺の予想通りラエルが現れた。

十話　行商人ラエル

メアとスキルを使って畑の作物を育てていると、遠くから小さな幌馬車《ほろばしゃ》が近付いてきた。

「ノクト様！　あれってラエルさんですよね⁉」

「うん、そうだね」

御者席で手綱を引いている金髪の優しげな男は間違いなくラエルだ。

その傍らには見慣れない少女がちょこんと座っているが、恐らく新しく雇ったお手伝いだろう。

俺たちが手を振ってみると、ラエルは軽く手を上げる。

隣に座っている少女は大森林側にそびえ立つ防壁が気になっているようでポカンとした表情をしており、ラエルに小突かれて慌てて会釈をした。

まあ、何もない田舎領地にあのような巨大な防壁があれば驚いてしまうのも無理はない。

馬車は俺たちの傍《そば》までやってくるとゆっくりと停車し、ラエルと少女は御者席から降りてきた。

「ノクト様、メアさん、お久しぶりです」

ラエルは俺たちに視線を向けると、優しげな笑みを浮かべて挨拶をしてくる。

「お久しぶりです、ラエルさん」

「やあ、ラエル。久しぶりだな。隣にいる少女は新人かい？」

「ええ、ノクト様とメアさんにご紹介しますね。私の手伝いをしてくれているピコです」

「ピコと申します！　ラエルさんの商売のお手伝いをしています！」

ラエルに紹介されたピコという少女は、緊張しながらも元気に名乗った。

多分、年齢は俺より少し下の十二歳くらいだろう。

まだあまり経験がないからだろうか。緊張気味な様子が微笑《ほほえ》ましい。

「そうか。ラエルには昔から世話になっている。今後もよろしく頼むぞ」

「え？　あ、はい！」

敢《あ》えて「今後も」と頼むと、ピコは言葉につまった様子を見せながらも取り繕うように返事をした。

どうやらラエルは俺とメアが懸念していた通りのことを考えていたらしい。ラエルが少し苦い表情をしていた。

本来ならば、本題に入る前にそのような態度を見せるべきではないと思うが、まだ場数が足りないのだろう。

「ピコ、私とノクト様は少し話をするから、メアさんに商品をお見せしてあげなさい」

「わ、わかりました！　では、商品をお見せしますね。何か不足しているものはありますか？」

「調味料や衣類を中心に見たいです」

ラエルにそう言われて、ピコとメアが馬車の方に向かっていく。

「……お前みたいに表情を取り繕うのが上手《うま》いわけじゃないんだな」

「一緒に旅をしてまだ二週間ほどですからね。算術が得意ではあるのですが、そういうところはま

だまだです」

　となると、ラエルが寄ってくれたのは別れを告げると同時に貴族である俺と会話をさせて経験を積ませる目的もあったのかもしれないな。

「それよりもノクト様、領地のことは旅の途中で耳にしましたが、本当にラザフォード様とウィスハルト様は……」

「ああ、大森林からやってきたオークと戦って死んでしまったよ」

「そうですか。それは本当に残念でなりません。お墓があれば、お参りをしたいのですがよろしいでしょうか？」

　ラエルは父や兄とも懇意にしていた。

　墓参りをしてくれるならば是非ともしてもらいたい。その方が皆も喜ぶだろう。

「屋敷《やしき》の裏山に建ててある。少し歩くことになるがいいかい？」

「勿論《もちろん》です」

　ラエルがしっかりと頷《うなず》くのを確認し、俺たちは屋敷の裏山に向かった。

◆

　父たちの墓にたどり着くと、ラエルは道端で摘んだ花と、馬車に載せていたお酒をお供えした。

　そして、膝をついて静かに手を合わせる。

しばらくしてからラエルはゆっくりと立ち上がった。

「わざわざありがとう」

「いえ、お二人には大変お世話になりましたから、これくらいは当然です」

「そう言ってもらえると嬉《うれ》しいよ」

父や兄のことをしっかりと覚えており、お参りまでしてくれる人がいるだけで十分だ。

「……しかし、ノクト様も大変でしたね」

ホッとしながら墓石を眺めていると、ラエルが本題に切り込んでくる。

二人しか住民がいない領地を見れば、旅の途中で耳にした噂《うわさ》が本当だということはわかるだろう。

「まさか、スキルを獲得している間に父上と兄上が亡くなり、翌日にはメア以外の領民が逃げ出すとは思わなかった。踏んだり蹴ったりとはこの事を言うのだろうね」

「……ノクト様は、今後はどうなさるおつもりなのですか？」

「領主としてビッグスモール領を立て直すさ」

「本当にたった二人でできるとでも？」

ラエルの疑問も当然だった。こんな田舎領地をたった二人で立て直せるはずがない。

しかし、それは俺がスキルを獲得する前ならばだ。

「今の俺とメアならできる。大森林の方にそびえ立っている防壁がその証拠だ」

問いかけてくるラエルに俺は遠くにある巨大な防壁を指さす。

「……ここにやってくる際に目にして驚きましたよ。ビッグスモール領に王都のような城壁がそびえ立っているのですから。あれは一体、どのようにして作ったのです？」

「獲得したスキルの力だよ」

「――っ！　スキルであのようなものが？」

まさかの答えに普段はあまり表情を出さないラエルが強い驚きをみせた。

魔物の襲撃で壊滅的な打撃を受けたビッグスモール領が、あのような巨大な防壁を作る暇もお金もないことは容易に想像ができる。

であれば、その不可能を可能にするのは魔法もしくは、スキルということになる。

スキルならば、そのような不可能を可能にすることもあり得るからだ。

ラエルに俺たちの有益性を売り込むのならば今だ。

「なあ、ラエル。いい儲《もう》け話《ばなし》があるんだが話だけでも聞いてみないか？」

「……話を聞くだけでしたら無料ですしね。お聞きしましょう」

「俺が神殿で授かったスキルは【拡大&縮小】といってあらゆる物を大きくし、小さくすることができる」

「【拡大&縮小】ですか？　二つの効果があるスキルでしょうか？　聞いたことがありませんね。ですが、それで納得しました。あの防壁はアースシールドを拡大したものなのですね？」

スキルの効果を聞いて、すぐにここまで推測できるとはやはり頭の回転が速い。

「そういうことだ。俺はこのスキルを使って高価な素材を拡大してやろうと思う。そう、たとえば、このネックレスについている宝石なんかを」

俺はそう言って首にかけていたネックレスを外す。

そして、中央にある赤い宝石を外してしまい、手をかざす。

「拡大」

俺がスキルを発動させると、小粒ほどの宝石が拳ほどの大きさに拡大された。

拡大された宝石を前にして、ラエルが目を丸くする。

こいつがこんな風に驚く姿は何年ぶりだろうか。驚かせるのが楽しくて仕方がない。

「触ってみるか？」

「え、ええ、お願いします」

拡大した宝石を渡すとラエルはおそるおそる受け取り、まじまじとそれを観察する。

「拡大された影響で品質が劣化するようなことはないよ」

「そ、そのようですね」

小さな宝石が一瞬にして大きくなれば疑いたくなるのも無理はない。スキルの力でなければ、詐欺の類かと疑いたくなる。

「ノクト様のスキルはいつまで保つのでしょう？」

「まだ獲得して一週間程度だから何とも言えないが、俺が解除しない限り永続的なものだと思う。試しにスキルを施した道具を放置しているが、一週間経過しても大きさが元に戻るようなことはなかった」

「なるほど……」

拡大した物体が元に戻ったことはない。こういうスキルの場合は大抵永続的な効果のあるものだと思われる。

「拡大した宝石を売《う》り捌《さば》く。どうだ？　利益の出る商売だと思わないか？」

「永続的なものか、他の宝石でも拡大できるのか、加工しても問題ないのか……様々な懸念点はありますが、それがクリアされるとなると莫大《ばくだい》な利益が出ますね」

拡大した宝石を売り捌くことを考えているのか、ラエルが顎に手を当てて考え込む。

確かに他の宝石や水晶なんかを拡大しても問題ないのか、加工することができるのか。そこまで検証はできていないな。

さすがは商売人だけあって、様々なケースを考えているようだ。

「俺はスキルで拡大した商品をラエルに売り捌いてもらいたいと思っている」

「……見返りはなんでしょうか？」

さすがは行商人。相手の話をすぐに理解してくれて非常に助かる。

「売り捌いた利益をこちらに払うことだな」

「当然ですね。割合はどのくらい？」

ラエルが真剣な表情で尋ねてくる。

「五割は欲しいと思っている」

「もう少し何とかなりませんか？」

半分も分捕られるとさすがにキツいか。宝石なら莫大な利益が出るので問題ないと思うが、高価な宝石がそうポンポンと売れるわけでもないか。

「しょうがない。じゃあ、四割にしよう。その代わり、俺の領地に人材を連れてきてほしい。できれば村人だけでなく、鍛冶師といった職人もだ」

「人材を連れてくるのにもそれなりの条件や費用は必要なのですが……」

「領民への保証条件は後程纏《まと》めたものを出す。費用は俺に渡すお金を使ってくれても構わない。勿論、限度はあるがな」

「承知しました」

「後は継続的にうちの領地に商売にくることだな」

「それは勿論です。ノクト様とは今後も良《い》いお付き合いをしていきたいですから」

この儲け話を聞くまでは、見限るつもりだっただろうによく言う。

しかし、商売人との繋《つな》がりとはそんなものだ。

「俺から提示する条件は以上だが、問題はあるか？」

「ありません」

「じゃあ、交渉成立ということで」

俺が手を差し出すと、ラエルがにっこりと微笑みながら手を握った。

とりあえず、これで人材に関しては問題ないだろう。

ラエルとの交渉が上手くいったことに俺はひとまず安心した。

「ところで、宝石を売るのであれば別の宝石にしませんか？」

「え？」

「それはお母様の形見ですよね？　さすがにそれを売るのは心苦しいですから。代わりに私が持っている宝石に拡大をかけて頂けたらと」

どうやらラエルもこのネックレスが母の形見だと知っていたようだ。

ラエルの優しさに心が温かくなる。

「すまない、助かる」

「宝石の代金は利益から差し引いておきますので」

感動して思わず涙ぐみそうになった俺だが、ラエルの余計な一言で霧散した。

「おい、そこは代金はいらないと言うのがカッコ良さだろう？」

「そのようなカッコ良さなどクソくらえです」

ラエルの守銭奴なところも相変わらずだな。

まったく、俺の感動を返して欲しい気分だった。

十一話　迎え入れる準備

生活必需品などを買い、拡大した宝石をいくつか渡すとラエルは旅立っていった。

今回は俺が急いでいることもあり、近くの街で宝石を売り捌《さば》いてくるようだ。

そして、その利益分を使って、ビッグスモール領に住んでくれる人を連れてくるそうだ。

とはいっても、勿論《もちろん》奴隷ではない。

命じられて連れてこられた人ではなく、自らの意志でやってくる人と俺は一緒に領地を立て直したいのだ。

だから、ラエルには奴隷ではない人材に誘いをかけるように言ってある。

領民を誘致するべく俺が出した保証条件は三つある。


三ヵ月の食料の保証。

中古ではあるが住み家の保証。

畑の保証。


食料の保証に関しては残っている畑の作物、メアと俺が育てた野菜なんかを拡大すれば、数百人の食料を賄うことは可能だ。

たとえ、それがなくてもやってきた領民が育てた作物を拡大してやることもできる。

住処《すみか》に関しては元領民が住んでいた家を与えることができる。

勿論、魔物の被害のないきちんと住むことができる家だ。

ビッグスモール領では逃げ出した領民の家がたくさん残っている。やってくる人がそこに住んでしまえば、すぐに家を得ることができて安心できるし、新たに家を建てる必要もないので費用もからないというわけだ。

そして、畑の保証は家と同様に元領民の使っていた畑だ。

大森林側には畑が多かったせいか家に比べると被害が多いが、すぐに耕せる畑はたくさん残っている。

こちらもそのまま与えて、領民に作物を育ててもらえればすぐに仕事ができる。

これらがビッグスモール領で保証できるメリットだ。

大森林の魔物に対する脅威は防壁のお陰で緩和されるであろうが保証できるとはいえない条件だ。

防壁があるから安心などとは言えないし、世の中に絶対安全などない。

この辺りのことも伝えてくれるようにラエルには頼んでいるが、結局のところはやってきてくれる人がデメリット以上のメリットを見出《みいだ》してくれるかだ。

まあ、こんな感じで人材に関してはラエルに任せる他ない。

その間に俺たちにできることは、やってきた人材が安心して生活できるように環境を整えることだ。

　メアが畑の整理をする中、俺は大森林側を中心に防壁作業をする。

「アースシールド！　拡大！」

　俺はアースシールドを作り、拡大することで少しでも多くの防壁を作る。

　最初は拡大の調整に戸惑っていたが、何度も同じ大きさにすることで慣れてきた。

　今では一回の拡大で、ピッタリの大きさに揃《そろ》えることができる。

　これでスキルを使用する際の負担も軽減された。

　しかし、無理は禁物だ。また倒れることがないように無理のないペースでしないと。

　次も倒れてしまうとどんな恥ずかしい仕打ちをメアに受けるかわからないからな。

「防壁もドンドンと増えたお陰か安心感が出てきたな」

　自分の作った防壁を見上げながら呟《つぶや》く。

　少ししか並んでいないと頼りなく、ただのオブジェのように思えたが、ズラリと並んでいる姿を見ると守られているような感じがする。

　遠くまで見えていた山や空が見えなくなってしまうのは少し残念であるが、大森林からやってくるであろう魔物に怯《おび》えるよりはずっといい。

◆

「今日は放置されていた民家を掃除するか」

「はい！」

防壁作業をやった次の日。

俺とメアは放置されていた民家を掃除しに、住宅地にきていた。

やってきてくれた人に、汚れた民家を与えては失礼だからな。

ほとんど掃除をしなくても、すぐに生活を始められるようにしてやりたい。

「それじゃ、まずはこの家を掃除するか」

「はい！」

掃除道具を手にした俺はメアと一緒に民家へと入っていく。

放置された民家は大きな家具こそ残っているものの、必要なものは全て持ち去られている。

生活感は残っているものの、どこか寂しさが漂っていた。

「……お前たちも俺と同じで捨てられたんだな」

中心に陣取っているテーブルに思わず声をかけてしまう。

領民に捨てられてしまった自分と同じ境遇に共感してしまったからだ。

労《いたわ》るようにテーブルをそっと撫《な》でると、指が埃《ほこり》で汚れた。

表面についた埃をフッと息で払う。

家というものは人が住んで手入れをしてやらないとあっという間に汚れてしまうものだな。

「まだまだお前たちだっていけるよな。俺たちがすぐに掃除して、また人が住めるようにしてやるからな」

　まだまだやれるのに捨てるなんて勿体《もったい》ないし可哀想《かわいそう》だからな。

「まずは窓や扉を開けて換気しないとな！」

「それならやりましたよ」

　早速行動に移ろうとしたが、その作業は既にメアが終わらせていた。

「あっ、そう」

　意気揚々としていただけに出鼻をくじかれた感が半端ない。

　えっと換気をしたら、次は高いところから掃除をしていくんだったな。いや、でも、この家は一階建てだし、どこから掃除していくんだ？　タンスの上とか壁からか？

「ノクト様、すいませんが大きな家具を縮小して外に出してもらえますか？　その方が楽に掃除できそうなので」

「あ、ああっ、わかった」

　俺が固まっていると、メアが見事な指示を出してくれるので素直に頷《うなず》く。

　さすがは屋敷《やしき》で毎日掃除をしていただけあって、動きに迷いがない。

　前世の記憶があるとはいえ、所詮は男の一人暮らし。最低限の掃除しかしていなかった俺がメイドであるメアと同じ働きができるはずもない。

　ここはメアの指示に従っておくのがいいだろう。

「縮小」

室内にあるテーブルやイス、タンスなどの大きな家具に縮小をかけて小さくしてしまう。

手の平に載せられるくらい小さくなったテーブルは、まるでミニチュアのようだ。

軽くなった家具を外に持っていく。

そのまま地面に置いておくと、後で踏んづけてしまいそうなので邪魔にならない程度の大きさに拡大しておいた。

「私は天井や壁を掃除していきますので、ノクト様には他の民家の換気と家具の持ち出しをお願いしていいですか?」

「わかった」

民家は屋敷のように広くはない。二人で天井や壁を掃除するより、役割を分担して済ましていく方が早いのだろう。

俺は即座に隣の民家に移って、扉と窓を開け放って同じように家具を外に持ち出す。

俺が三軒目の家の換気をしていると、布巾を被《かぶ》ってマスクをしたメアが二軒目の民家に入っていくのが見えた。

ええっ、もう一軒目の天井と壁の掃除を終えたのか? 速いなっ!

これは急いでやっていかないと追いつかれてしまいそうだ。

俺はテキパキと家具に縮小をかけて、外に出していく。

それが終わったら、また近くにある民家に入って換気と家具の移動をひたすら繰り返す。

住宅地にある最後の家の家具の持ち出しを終えて休憩すると、メアが天井や壁をはたきであっという間に叩《はた》いて出てくる。

「ノクト様、最初の民家から順番に掃き掃除をしていきましょう！」

「も、もうか？」

「これくらい屋敷のお掃除に比べれば緩いくらいですよ？」

確かに俺たちの住んでいる屋敷の方が階層もあるし、部屋のひとつひとつも遥《はる》かに広い。

さらには主《あるじ》である俺たちの邪魔にならないように迅速に行う必要もある。

「……メイドって大変なんだな」

民家の掃除作業でへばる俺からすれば、遥かに難易度の高い掃除をこなしているメアに尊敬の念を抱かざるを得ない。

普段、何気なく過ごしていた裏では、これよりももっと過酷な労働があったんだな。

俺が気持ちよく過ごせていたのもメアたちが一生懸命働いてくれたお陰だ。

「少しでも大変さがわかって頂けて何よりです。さあ、次に行きますよ」

褒めてみたが、メアの厳しいテンポが緩むことはなかった。

◆

「ふう、これなら人がやってきてもすぐに住めますね」

「そ、そうだな」

満足げに言うメアと、ぐったりとした俺の呟き。

メアの指示に従って掃除し続けた結果、住宅地にある民家は人が住むのに十分な清潔さを取り戻していた。むしろ、綺麗《きれい》になり過ぎて新築かと思うレベル。

慣れない作業をしたせいか疲れはあるものの、ここまで綺麗になった民家を見ると疲れが吹き飛ぶようだった。達成感というやつなんだろうな。

「やってくる人には今後の生活で不自由を強いることがあるかもしれないが、俺たちなりの歓迎の気持ちが伝わるといいな」

領民たちの居心地のいい領地を作ってあげたい。彼らの居場所たりうる場所に。

「きっと、伝わりますよ」

優しい笑みと共に呟かれたメアの言葉が、風に乗って消えていった。

十二話　やってきた領民たち

「アースシールド！　拡大！」

土魔法でアースシールドを発動して、拡大スキルで巨大化する。

隣に立っているアースシールドにぴったりとくっついているのを見て満足する。

防壁を築く以上、大きさが違っていたりズレていたら気持ちが悪いからな。

ぴったしと並んでくれると、作り手としても満足だし見栄えがいいな。

「さて、あと五個ほど作ったら今日は切り上げるか」

そう呟《つぶや》いて、次の防壁作りに取り掛かろうとするとメアの声がした。

「ノクト様！　ラエルさんがやってきました！」

ラエルがついにやってきた。

俺の頼んだ通り人材を連れてきてくれた可能性がある。

「わかった。すぐに行く！」

防壁を作っている場合ではないと判断した俺は、メアと共にラエルのやってきた中心地へと急いで向かう。

中心地にやってくると以前と同じ馬車が停《と》まっており、ラエルとピコがいた。

人材は馬車の中で待機しているのだろうか？

馬車の方を気にしつつも俺はラエルに近付いていく。

「ラエル、待たせて悪かった。少し防壁を作っていてな」

「……前にきた時よりもかなり増えていますね」

「新しい人が来るかもしれないからな。安心して暮らしてもらうためにも領地の安全性を高めるのは当然だよ」

「領地の全てを囲えるようになれば、そこらの街とは比にならない堅牢《けんろう》さを誇りそうです」

ラエルが遠くに並ぶ防壁を見て苦笑いしていた。

俺が目指すのはまさしくそれだからな。

この領地を覆うように防壁を築いて、そこに私兵を駐屯させたいものだ。

まあ、その段階になるまでまだまだ時間がかかるだろうが。

「ところで宝石の方はどうだった？」

「無事に売ることができました。ノクト様には先に金貨六十枚をお渡ししておきます」

「き、金貨六十枚⁉」

ラエルの口から出た途轍《とてつ》もない金額を耳にしてメアが驚愕《きょうがく》の声を上げた。

無理もない。それだけの大金があれば、家族四人いたとしても十年は暮らせる金額だ。

このような大金を万年金欠のビッグスモール領の人間に渡せば仰天してしまう。

「ど、どうぞ」

「……か、確認させて頂きます」

ピコがずっしりとお金の入った皮袋をメアに手渡した。

渡す側、渡される側の両方が緊張しているのがよくわかる。

俺たち三人が見守る中、メアは丁寧に枚数を数えていく。

「六十枚あります」

いつもの凛《りん》とした声ではなく、戦慄したような声だった。

「俺たちへの還元だけで、これだけあるってことはかなり稼げたようだね？」

「ええ、拡大した宝石の価値は予想通りかなりのものでした。特に貴族や商人などの上流階級の人間によく売れます」

ニヤリと笑みを浮かべながら上機嫌に言うラエル。

俺たちにこれだけ支払えるってことは金貨百枚以上の値がついたのだろうな。

ラエルの所持していた元の宝石の価値は精々金貨二枚程度。

それが五十倍以上になると本当にウハウハだな。こんなにボロい商売はない。

「つきましては、次の商売のためにノクト様に拡大してほしい宝石があるのですが」

ラエルがそう言って懐から取り出したのは、上質なエメラルドのような宝石。

次は質の高いものを拡大して、さらなる稀少《きしょう》価値の高い宝石を売りつけるつもりらしい。

金貨二枚の宝石でこの売上なのだ。さらに上質な宝石を巨大化してしまえば、さらなる値段がつくことは容易に想像がついた。

「わかった。やってあげるよ。でも、それは後だね。俺が頼んでおいた人材はどうなったんだい？」

商売の話も大事であるが、連れてきた人材がいるのならば先にそちらを進めたい。

「数人連れてくることができました。ピコ、連れてきてくれ」

「わかりました」

ピコは返事をすると、馬車の荷台の方に回って誰かに声をかけた。

すると、荷台の方から人が降りてくる。

それは頭に耳を生やした狼《おおかみ》獣人の男性と女性と少女。

不安そうにしながらもしっかりと身を寄せ合っていることや、似たような尻尾の毛並みから家族なのだろう。

それとどこか不貞腐《ふてくさ》れた感じのドワーフが二人。

新たにやってきてくれた人材に俺とメアは顔を明るくするが、徐々に顔をしかめてしまう。

特に獣人の家族の身体《からだ》がかなりやせ細っており、健康状態がかなり悪そうだ。

こういう雰囲気の人間を王都で見たことがある。

「……まさか奴隷を連れてきたのか？」

「いえ、違います。彼らは村で迫害を受けていたようです」

「そ、そうか。疑って悪かった」

「いえ、無理もありません」

耳や尻尾を生やした獣人は、魔物や獣を想起させることもあって一部の地域では亜人と呼ばれ、蔑まれることもある。

彼らは運悪くそのような地域で生活をしてしまい、辛《つら》い日々を送ってきたのだろう。

俺が視線を向けるだけで、獣人の少女が怯《おび》えて父親の背中に隠れてしまった。

「ビッグスモール領の噂《うわさ》は広まっており、誘致には難航して人間を連れてくることができませんでした。獣人でも大丈夫でしょうか？」

「ああ、そこは問題ない。獣人だろうが人間だろうがうちの領地にきてくれるのなら大歓迎だ」

俺がそう言うと、獣人たちがポカンと目を丸くしていた。

獣人を受け入れると言ったのがそんなに珍しいのだろうか？

別に俺が亜人を差別するようなことはない。

大森林が近くにある過酷なビッグスモール領では獣人の領民も多くいた。

幼い頃から彼らと過ごしているので偏見も特にない。

というか、今は少しでも人材が欲しくてたまらないのだ。獣人だからエルフだから、ドワーフだからと嫌がる余裕はないのだ。

少しでも間口を広くして多くの優秀な人材を集める必要がある。わざわざ人間だけにして、選択肢を狭める必要はないだろう。

「まずは自己紹介をしようか。俺はノクト＝ビッグスモール。この領地を治める領主。そして、隣にいるのがメイドのメアだ」

「メアといいます」

俺が名乗り、紹介するとメアが丁寧に頭を下げた。

「次は皆の名前を教えてくれるかい？」

「ガルムです」

「オリビアです」

「ク、ククルア」

俺が尋ねると獣人の男性、女性、少女が順番に名乗ってくれた。

そして、次にドワーフ二人に視線を向ける。

「ローグじゃ」

「ギレムじゃ」

ドワーフの男性二人は胡乱《うろん》な表情を隠さないまま名乗った。

あれやこれや保証をしてくれる俺を胡散臭《うさんくさ》く感じているのかもしれない。

まあ、これはこれで素直に感情を露《あら》わにするということがわかって、こちらもやりやすいものだ。

「ありがとう。これから皆に住んでもらう家に案内するから付いてきてくれ」

俺がそう言って歩き出すと、獣人やドワーフたちが付いてくる。

「ここにある民家を好きに選んでくれ。生憎《あいにく》、他の所にある民家まで管理が行き届いていないから
ここにあるもので我慢してほしい。大体どれも造りは同じだ」

俺がそう説明すると、男性獣人であるガルムがおそるおそる尋ねてくる。

「……ほ、本当に家を貰《もら》えるのですか？」

「うん？　ラエルは条件を説明していなかったのか？」

「いえ、きちんとしましたよ」

ラエルの毅然《きぜん》とした態度やドワーフたちの様子を見るに、説明不足ということでもないようだ。

「家だけでなく食料も三ヵ月は保証するし、すぐに耕せる畑だって与えるさ」

「獣人にまで適用してくれるとは思ってもみませんでした」

女性獣人であるオリビアが呆然《ぼうぜん》としたように言う。

どうやら以前住んでいた領地でよほど酷《ひど》い扱いをされていたようだな。

ラエルが説明した条件が守られるとは獣人たちは思っていなかったみたいだ。

これは最初にきっぱりと言っておく必要がある。

「獣人だろうと人間だろうと条件に差をつけることはない。知っているかもしれないが、俺は領民に逃げられてしまって、お前たちしか領民がいないんだ。領地を立て直すためにも人手がいる。そのために手厚い保証をして、力になってもらおうと思っているんだ」

意図の分からない善意は時に人を不安にさせる。

だったら、腹を割ってこちらの思惑を理解させた方がわかりやすいだろう。

俺がハッキリと打算を述べると、ガルムたちはようやく納得がいったような表情をした。

「随分とハッキリ言うんじゃの？　貴族というのは見栄《みえ》を張りプライドを守る生き物じゃと認識しておったが」

「領民ほぼ全員に逃げられた領主に見栄やプライドなんてないよ」

「フン、お前さんは他の貴族とは違うようじゃの」

鼻息を漏らすローグとギレムであるが、その表情は少しだけ柔らかくなっていた。

まだ完全に警戒を解いてはいないみたいだが、少しだけ認めてもらえた気がする。

「それじゃあ、改めて家を選んでくれ」

俺の言葉を聞いて、ガルムやローグたちは家を見定めるために動き出した。

十三話　領民たちの家

新しくやってきた領民たちが家を選んでいる様子を眺めていると、ガルムがこちらを見ているのに気付いた。

聞きたいことがあるけど、領主である俺に話しかけていいかわからないというような感じだ。

これは俺から声をかけてやった方がいいだろうな。

「ガルムたちは家を決めたのか？」

「はい、その前にお尋ねしたいのですが、オレたちは農民として仕事をすればいいのでしょうか？」

ローグとギレムは職人として誘いをかけているが、ガルムたちに特別に何かをしてくれとは言っていないし、そのように誘ってもいない。

農作業以外に他の仕事をやらされるのであれば、それを考慮したいのだろう。

「基本的にガルムたちには農業をやってもらおうと思っている。勿論《もちろん》、ローグやギレムたちのように何か手に職があったり、やりたい仕事があればできるだけ尊重しようと思っているよ」

「そ、そうですか……」

俺がそう述べるとガルムは安心したように息を吐いた。

「ああ、もしかして大森林の魔物を狩るような仕事を命じられると思っていたかな？」

「あっ、ええと、その……申し訳ありません」

少し意地悪な言い方だっただろうか、ガルムが耳と尻尾をしおれさせながら俯《うつむ》く。

「確かに獣人である君たちは、俺たちに比べて身体能力も高くて魔物に対抗できるかもしれないが、行きたくない者を無理に行かせるつもりはないよ。冒険者などの戦闘が得意な者を募って防衛なんかを任せるつもりだ」

戦いたくない者を無理矢理戦わせてもいい結果にはならない。

うちに住んでくれる以上、ガルムも俺の領民なんだ。そんな酷《ひど》いことはしない。

「ありがとうございます、ノクト様。オレ、こんなナリしているんですけど、あまり戦闘は得意じゃなかったので。それにククルアのためにも傍《そば》にいてやりたいので」

ガルムの視線の先には、畑を眺めているククルアとそれを見守っているオリビアがいる。

ガルムは血の気が多い獣人にしては性格もかなり穏やかだ。

身体的に戦闘の適性があっても、性格的に適性がないんだろう。

「あっ、でも俺は簡単な狩りもできますし力仕事もできます。それに妻のオリビアは料理と編み物が得意です。なにか仕事があれば、遠慮なく使ってください」

「わかった。その時は遠慮なく頼らせてもらうよ」

「では、家族に報告して家を決めてきます」

ガルムはぺこりと頭を下げると、軽やかな動きでオリビアとククルアの方に向かう。

俺と話したことを告げると、オリビアやククルアが嬉《うれ》しそうに笑った。

「ノクト様、家が決まりました！」

オリビアたちと二言三言会話をすると、ガルムは戻ってきて明るい声を上げた。

俺よりも年上なのに失礼であるが、犬みたいだなと思ってしまった。

まあ、見たところ狼《おおかみ》系の獣人なので大間違いと言うほどでもないだろうけど。

なんてことを思いながらガルムに付いていくと、少し離れた位置にある民家に案内された。

多くの民家は固まっているが、この家は川があるせいかポツンと離れるように立っている。

「ここでいいのか？」

「はい、川などが近くにある方が落ち着くんです」

確かめるように尋ねると、ガルムはそう答えた。

それも理由の一部ではあるが、他の領民との生活の摩擦を恐れているようにも感じられた。

ガルムやオリビアはまだしも、ククルアは人間たちに慣れていないだろうし、少し離れた場所で慣らすのがいいと考えたのかもしれない。

まあ、そこは俺が無暗《むやみ》に口を出すこともないだろう。

「……わかった。好きにするといいよ。畑も近くにあるものを使っていいけど、そっちに関してはメアの方が詳しいから後で相談してくれ」

「ありがとうございます」

畑に関してはメアの方が詳しいからな。現在の状況も含めて彼女に相談してもらった方が早いだろう。

「他に質問はあるかい？」

「あの、食料の保証というのは具体的にどのようにして頂けるのでしょう？」

オリビアにそう尋ねられて、俺は食料保証について具体的に伝えていないことに気が付いた。

それならば俺とメアのスキルを見せるのが早いな。

とはいえ、ガルムたちの後にまたギレムたちに見せていたら二度手間だ。

彼らを呼び寄せることにしよう。ちょうど試したいこともあるし。

「ローグ、ギレム！　こっちに来てくれ！」

「あの、ノクト様？　ここから呼んでも聞こえないのでは？」

傍にいるメアがそう言うが、遠くで民家を眺めていたローグとギレムは身体《からだ》をビクンと跳ねさせて、こちらにやってきた。

「なんじゃい今のはっ⁉」

「ワシらの耳元でお前さんの大きな呼ぶ声が聞こえたぞ⁉」

余程驚いたのだろう、ローグとギレムが食ってかかるような勢いで言う。

「……もしかして、声を拡大したのですか？」

「そういうこと」

俺のスキルのことを知っているメアは、俺が何をしたかわかったようだ。

そう、俺は自ら放った声を途中で拡大してやって、ローグたちに声を届けたのである。

もっとも、彼等《かれら》には耳元で大声が聞こえるように感じたようだ。これは俺の調整ミスだな。

「おい、どういうことなんじゃ？」

「それも含めて、これから説明するよ」

俺はローグをスルーして、メアと共に畑の傍に移動する。

「これから皆に約束していた食料保証をどうするかを見せる」

俺がそう言うと、ローグやギレムは「あー、そんなのもあったな」と呑気《のんき》に呟《つぶや》いていた。

彼らはちゃんとラエルから条件を聞いて、やって来たのだろうか？

ちょっと心配になりながら俺は畑にあるニンジンを引っこ抜いた。

「ここに普通のニンジンがあるよね？　でも、俺のスキルを使えば……拡大」

「「ッ⁉」」

拡大スキルによって通常のものよりも遥《はる》かに大きくなったニンジンを見て、メア以外の全員が目を丸くした。

「なんじゃいそれは⁉」

「ただのニンジンが馬鹿みたいに大きくなりおったぞ！」

面白いくらいの反応をしてくれるローグとギレムを放置して、俺は説明をする。

「俺のスキルはあらゆる物を大きくすることができる。つまり、少しの食料でも俺の力があれば、何日かけても食べきれない量にできるわけだ」

「……そんなふざけたスキルがあるものなのか？」

「まあ、スキルは神より授かりし超常の力ですから」

その衝撃は、まともに会話をしていなかったギレムとオリビアが思わず会話をするほどだったようだ。

まあ、俺も最初に気付いた時は随分と驚いたけど、スキルとはそういうものだ。

俺たちが理解できる範疇《はんちゅう》をとっくに超えている。

「じゃが、いくら食材を大きくできようとも、肝心の食材がなければ意味がないんじゃないか？」

「確かに。この辺りの畑では、とても三ヵ月分の食料を保証できるようには……」

ローグの指摘を聞いて、ガルムが不安そうに周囲を見渡す。

「それに関しては俺とメアのスキルで解決できる。少し付いてきてくれ」

俺がそう言うと、ローグたちは首を傾《かし》げながらも大人しく付いてくる。

そうやって俺たちがやってきたのは、まだ新芽が出たばかりの新しく開墾した畑。

「メア、頼む」

「わかりました」

メアが屈《かが》み込《こ》んで【細胞活性】を発動。それと同時に俺はメアのスキルを【拡大】。

淡い光はすぐさま強くなり、新芽を包み込む。

すると、新芽は即座に葉を生い茂らせ、土から見事な橙色《だいだいいろ》の根を露出させた。

それは先程の畑で見たニンジンである。

「新芽だったものが一瞬で生長してニンジンにっ！」

植物が一瞬にして生長する光景はインパクトが強かったのか、オリビアだけでなく皆があんぐりとしていた。

「不思議！」

その中で、ククルアの無邪気な声が微《かす》かに響いた。

「……ノクト様とメアさんのスキルがあれば、畑を開墾して収穫まで飢えることなく生活できる」

そんな中、ガルムがどこか感激したように呟く。

「そういうことだ。領民たちの食料はしばらくこれで保証する。しかし、俺とメアのスキルだけを頼りに生活するのではダメだ。いずれは、このスキルなしでも豊かに生活していけるようにしなければいけない。それが正しい姿だからだ」

俺とメアのスキルの合わせ技は確かに強力だ。

しかし、たった二人のスキルで領民を賄うというのは正しいやり方ではない。

もし、俺やメアの身になにかあれば、あるいは今後生活していく上で病気などで倒れれば間違いなく破綻する。

あくまでこれは立て直しのための一時凌《いちじしの》ぎに過ぎないのだ。

「わかりました。オレたち精一杯頑張ります！」

「……まあ、家を貰《もら》って、食料まで保証してくれるんじゃ。ここまでしてもらって、力にならんわけにもいかんからのぉ」

ガルムやローグの決意をきっかけに、皆の心が一つに纏《まと》まった気がした。

「ありがとう！　それじゃあ、改めてこれからよろしく頼むよ！」

十四話　子供の笑顔

ガルムたちの家が決まったので、俺はローグやギレムの様子を見に来ていた。

「ローグとギレムの家は決まったかい？」

「鍛冶設備のある家はここだけじゃからな。迷うことはないわい」

切り株に座っているローグが後ろの民家を顎で示す。

確かに鍛冶設備が残っている家はここしかないので、彼らが作業する場所はここになるか。

「とはいっても、ここは作業場だよね？　これとは別にそれぞれが家を持ってもいいんだよ？」

「ワシとギレムは兄弟じゃ。わざわざ離れることもないし、この家だけで十分じゃ」

ローグの言葉にしっかりと頷《うなず》くギレム。

この二人兄弟だったんだ。

ローグは典型的なドワーフのように髭《ひげ》を生やしているが、ギレムは禿頭《とくとう》だ。

全然、雰囲気が違うので兄弟だとは思っていなかった。

「わかった。二人がそう言うならここに住んでいいよ」

「住み家が決まったら早速仕事じゃ。ワシらに何を作ってほしい？」

切り株から立ち上がってお尻をパンパンと叩《たた》いたローグが、こちらを見上げてくる。

まさか、初日から働こうとするとは驚いた。

「旅を終えたばかりで疲れていないのかい？　別に今日くらいは休んでもいいんだぞ？」

「長旅のせいで身体《からだ》が凝って仕方がないんじゃ」

「それにこの領地ではそんな事を言ってる暇もないじゃろう？」

そう言われると、ぐうの音も出ないのが今の領地の現状であった。

正直、職人である二人にはやって欲しいことが山ほどある。

「二人は家を作ることはできるかい？」

「フン、当たり前じゃ。ワシらドワーフは積み木感覚で家を建てて遊ぶもんじゃからな。それくらい当然できる」

「勿論《もちろん》、武器を作ることもできる」

確かめるための質問をするとローグとギレムが胸を張って自慢するように言う。

まじか。ドワーフって積み木感覚で家を作って遊ぶのか。さすがはモノづくり大好き種族だな。

家や武器も作れるとは心強い。

「じゃあ、まずは家を作ってくれるかな。ただ作るのは小さなものでいい」

「……もしかして、お前さんのスキルで大きくするのか？」

俺のスキルを先程見たお陰だろう、ギレムが意図を察してくれた。

「そうだよ。家を一つ建てるとかなりの時間や材料がかかるけど、この方法を使えば少ない人数と材料ながらも短時間で建てられるでしょ？」

これからラエルに頼んでドンドン人材を連れてきてもらう。

そうなると、ここにある家だけでは不足してしまうだろう。

二人にはオークの襲撃によって破砕してしまった家をドンドン新しく作り直してほしい。

「ふむ、確かに一刻も早い立て直しが必要なら、領主様のスキルを借りた方が早いな」

「じゃが、大きくした時にちゃんと家として機能するようにするのは意外と難しそうじゃの」

「……もしかして、できない？」

「「そんなわけないわい！」」

考え込む二人におずおずと尋ねると、唾を吐くような勢いで怒鳴られてしまった。

「こんなの模型を作るのと一緒じゃ！　すぐに作って、お前さんをひーこら言わせてやるわい！」

「首を洗って待っておれ！」

ローグとギレムはムキになってそう言うと、ラエルの馬車から荷物をとってきてすぐに行動をはじめた。

どうやら職人である二人にとって、さっきの言葉は挑発と受け取られてしまったらしい。

俺としては心配の言葉をかけただけなのであるが、二人がやる気を出してくれたのなら、それはそれでいいだろう。

◆

領民たちがやってきて、ラエルが再び商いに戻った二日後。

俺は領民たちの生活を視察しにきていた。

屋敷《やしき》からのんびりと歩いてガルムたちの家に向かうと、家族総出で畑仕事をしているところであった。

オリビアとククルアは畝に種をまいており、ガルムとメアが何かを話し合っている模様だ。

「やあ、おはよう。調子はどうだい？」

「おはようございます、ノクト様。お陰さまで安心して畑仕事ができています」

俺が声をかけるとガルムだけでなく、オリビアとククルアもぺこりと礼をしてきたので、しっかりと頷いてから手ぶりで作業に戻っていいことを伝える。

「そうかそれはよかった。何か相談しているようだったけど何かあったのかい？」

「ラエルさんからいくつか野菜の苗や種を頂いたので、何を育てようか相談していたんです」

尋ねてみるとメアが答えてくれる。

現在のビッグスモール領で育てられている主な作物は小麦、きゅうり、大根、レタス、ニンジン、オレの実、ネギ、いんげん、玉ねぎといったものだ。

そのどれもが割と育てやすいし、メアと俺のスキルの加減でいつでも収穫できるものが多い。

これからのことを考えると、食べられる種類は少しでも多い方がいいだろう。

「なるほど、畑に関してはメアたちの方が詳しいから任せるよ」

「わかりました」

完全なる丸投げであるが大して経験のない俺が口を出しても困るだけだろう。

経験者に任せた方がいい。

メアがいれば、ある程度の俺の意向に沿って決めてくれるだろうしな。

「それと提案なのですが、季節外れの野菜を私たちのスキルで実験的に育ててみるのはどうです？」

「季節外れというと、夏や冬に植えて育てるものを春である今植えてみることかい？」

「そうなります。普段ならば気温などで上手《うま》く育たないものではありますが、メアさんとノクト様のスキルがあれば、そういうものでも関係なしに育つのではないかと思いまして」

俺が小首を傾《かし》げると、ガルムが遠慮がちながらもしっかりと意見を述べてくれた。

なるほど。俺とメアのスキルを使えば、収穫までは一瞬なのでその時の気温なんかは関係がなくなる。春なんかは虫に食べられやすいと聞くが、それも関係ない。

理屈的にはある程度芽吹きさえすれば、そこからのスキルの補助で育て上げることができるのだから。

「いいね。もし、それが成功すれば、どのような作物でも年中食べることができる。これは領民たちの大きな潤いになるし、領地の強みになる。やってみる価値はある。是非、やってほしい」

「ありがとうございます。では、空いている畑で秋の野菜と冬の野菜を植えてみますね」

「ああ、ある程度芽吹くことができたら声をかけてくれ。俺とメアで生長を促してみるから」

まさか、このような提案が来るとは思っていなかった。

失敗する確率もあるだろうが成功すればかなりデカいな。

時間があれば、普通に育てた作物とスキルによって育てた作物なんかの味の違いを確かめてみたいな。

育て方による味の変化も気になるところだからな。

そんなことを考えていると、すぐ傍《そば》からか細い声がかけられる。

「の、ノクト様、今日は大根とニンジンを大きくしてください」

ふと視線を落とすと、そこには大根とニンジンを抱えたククルアがこちらを見上げていた。

その表情には微《かす》かに怯《おび》えがあり、勇気を出して声をかけてくれたことを感じた。

後ろではオリビアが見守ってくれている。

このますぐに拡大を済ませてしまうのは勿体《もったい》ないな。きちんと領民たちとコミュニケーションをとりたい。

俺は腰を落としてククルアと視線を合わせる。

「わかったよ。どのくらいの大きさがいい？」

俺がそう尋ねると、ククルアはちょっと戸惑ったような反応を見せた。

「え、えっと、どれくらい大きくできるんですか？」

「うーん、試したことはないけど、その気になれば家くらい大きくできるかも」

「じゃあ、それで！」

ククルアの興味を引くように冗談を言ったのだが、本気で頼まれてしまった。

さすがは子供、無邪気だ。

「こーら、ククルア。そんなに大きくしてもらっても食べきれないでしょう？　ちゃんと食べきれる分だけ大きくしてもらいましょう？」

「はーい」

オリビアに窘《たしな》められてククルアが残念そうな声を出す。

なんだろう。これはこれでククルアの期待を砕くことになった気がする。

「いや、やってみるよ」

「えっ？　いや、子供の言ったことですので、ノクト様の手を煩わせるわけには……」

「大きくした後にすぐ小さくすればいいだけだから」

オリビアが慌てて遠慮するが、ククルアの瞳は見事に輝いていた。

その期待を裏切るわけにはいかない。

俺はククルアからニンジンと大根を受け取って、離れた場所に移動して地面に置く。

「拡大」

そして、離れた場所で拡大をかけると、大根とニンジンがみるみる大きくなった。

まるで道に倒れ掛かった巨大な樹木のようだ。

「うわー！　すごい！　お家《うち》よりデッカい！」

拡大された大根とニンジンを見て、ククルアが大はしゃぎしていた。

「すいません、ノクト様。ククルアが……」

「いいよ。ククルアの笑顔が見られたんだから」

「ありがとうございます、ノクト様」

先程とは打って変わって元気なククルアが見られたのだ。それだけでやった価値はある。

子供の笑顔は幸せの証《あかし》。

俺たちの領地も、常に子供の笑顔で溢《あふ》れている場所になってくれればいいな。

十五話　山の調査

「おい、領主さんよ！　コイツを大きくしてくれ！」

ラエルが人材を連れてきてくれて二週間。

家の拡大を頼まれて領地にやってくると、ローグとギレムの周りにはいくつかの小さな模型が並んでいた。

それは俺がローグとギレムに家をすぐに建てられるように命じて作ってもらった、小さな家だった。

一見すると玩具のようであるが実際には、スキルで拡大して人間が住むために間取りやバランスはしっかりとしていた。

「おっ、また新しい家ができたのか！　場所はどこにするべきか……」

「建てる場所なら、メイドがこの場所なら問題ねえって言っていたぞ」

ふむ、どうやらこの辺りに建てておけば畑への影響はないようだ。

まあ、仮に問題があったとしても縮小してやって場所を移せばいいだけだ。

「わかった。じゃあ、ここに建てよう。拡大」

手をかざしてスキルを発動すると、小さな家の模型はぐんぐんと大きくなり、やがて人が十分に入れる大きさになった。

玩具のような物が家に変化したというのに、違和感がまったくないのはローグとギレムの腕の賜《たま》物《もの》だろう。

一つの家を拡大し、続いて二つ目、三つ目と間隔を空けて模型を拡大していく。

拡大が終わると、家に異常がないか外側からくまなく確かめる作業だ。

歪《ゆが》みは勿論《もちろん》のこと、どこかに穴や隙間があっては風や雨が入ってきてしまうからな。そこをしっかりと確認しないといけない。

外側に問題がないことを確かめると、次は家の内側を隅々まで確認。

「……ふむ、どこも問題はなさそうじゃの」

「後は実際に経過を見て、何かあれば修正って感じで進めようか。いやー、まさか家が半日もしない内に建っちゃうとはね」

前世でも事前に全てを用意して、組み立てるだけですぐに完成。という、建築の仕方はあったが、ゼロから作り上げてここまで最速で建てるのは無理だろう。

俺のスキルがあるからこそできる技だ。

「まあ、作業としては小さな模型を作るだけじゃからな」

「小さい故に造りが単純になりがちなのが問題じゃがのう」

家の中にあるドアノブや窓を眺めながらしげしげと呟《つぶや》くローグとギレム。

小さな模型で作るが故に、細かい作業はそれだけ難しくなる。だから、小さくても作業しやすい単純な構造になりやすいのが今の欠点だ。

「多少、凝ったものを作りたい場合は模型を大きくすればいいんじゃないかな？」

「そうすると、資源や時間も少しかかるが？」

「資源に関しては俺のスキルで増やすことができるから気にしないでいい。時間に関してはドンドンと家が建って余裕もあるから問題ないよ。勿論、他の仕事が滞るのは少し困るけど」

ラエルが新たに人材を連れてきてはいるが、現状ビッグスモール領で鍛冶師は二人だけだ。

他にも武器の製造や、修理、包丁の手入れ、家具の製造とやってもらうことは山ほどある。

しかし、二人も鍛冶師の前にドワーフでありクリエイターだ。単調で同じものばかり作っていては飽きてしまうだろう。

多少時間がかかっても楽しく仕事に取り組んでもらいたいと思う。

「……領主様はなんちゅう素敵なことを言うんじゃ」

「資源は増やすから気にしなくていい。ドワーフからすれば、最高に男前な言葉じゃわい」

ローグとギレムが恍惚《こうこつ》とした表情を浮かべながら言う。

それだけ今の言葉はドワーフにとって殺し文句だったのだろうか。

これが綺麗《きれい》な女性であれば華やかになるが、目の前にいるのはずんぐりとしたおっさんだ。それだけが残念でならない。

ドワーフの男性を口説く趣味はないのだが、今の言葉が相当な殺し文句であれば、職人を募集する時に使えるかもしれないな。

「じゃあ、お言葉に甘えて次は凝った家を作ってみるわい」

「同じような家ばっかりで飽きていたからのぉ」

「あまり差を付け過ぎないようにほどほどにしてくれよ」

意気揚々と次の家を作りに向かう二人に、念のために釘《くぎ》を刺して見送った。

ローグとギレムの作ってくれた模型の拡大が終わると、次は山の調査だ。

領民が住んでいる中央地に急いで向かうと、そこには戦士風の男性と弓を背負っているエルフの女性が立っていた。

「ごめん、ちょっと待たせたかな？」

「いえ、俺たちに比べると領主様は忙しいので仕方ないですよ」

人懐っこい笑みを浮かべながらそう言ってくれたのは、最近やってきてくれた冒険者のグレッグだ。

茶色い髪を刈り上げた、三十代前半のナイスガイ。

以前は冒険者をしていただけあって、ガタイが良くてしっかりと鍛え上げられている。

分厚い鎧《よろい》や長剣を佩《は》いていることから前衛タイプの戦士って感じだ。

「待ったのはほんの十分程度。気にしなくていい」

涼やかな声でそうぶっちゃけたのはエルフであるリュゼ。

足元には砂をいじっていたのか、妙な模様が描かれてある。

背中には弓や矢筒を背負っており、装備は動きやすさを追求したもの。

リュゼはラエルが連れてきた人材ではなく、フラリと一人旅でやってきて住み着いた変わり者のエルフだ。

弓の腕が良く、狩りが得意なのでここでは狩人《かりゅうど》になっている。

「それじゃあ、ノクト様。予定通り山の調査と採取に向かいましょうか」

ビッグスモール領には西側に大森林が広がり、東側には大貴族であるハードレット家の領地があるが、北側には山々や鉱山がある。

今回はそこにある山々の調査に加え、採取なんかをするつもりだ。

「ああ、よろしく頼む」

グレッグとリュゼと一緒に俺は北側の山に移動を開始した。

◆

北側の山に入ると先頭をグレッグ、後方をリュゼが位置についてしっかりと俺を守るような態勢に入る。

「ノクト様、足元に気を付けてくださいね」

「ああ、ありがとう」

やや急な斜面を登りながらもグレッグが振り返って声をかけてくれる。

冒険者としての経験があるからだろう。慣れない土地であるにもかかわらず、グレッグはスイスイと足を進めていた。

それでいてしっかりと俺の方にも意識を割いているのだから凄《すご》いものだ。

俺も剣の稽古をしていたし身体《からだ》も鍛えている。スキルの力で戦闘に幅ができたのでそれなりに戦えるが、グレッグやリュゼは経験の数が違う。

もしもの時は二人に従うのが賢明だな。

「しかし、うちの防壁は凄いですね。ここからでも見えますよ」

グレッグの視線の先には西側にそびえ立っているアースシールドがあった。

二十メートルを超える防壁は、木々の隙間からもハッキリと見える。

「毎日、地味にやっているからな。結構な幅になってきたよ」

「……領主様のスキルはちょっとおかしい」

満足げに答えると、後ろにいるリュゼも会話に交じってきた。

一応、呑気《のんき》に話しているように見えるが視線はしっかりと動いており、周囲を警戒しているようだ。

「正直、大森林の傍《そば》というのが一番ネックでしたけど、あれがあるならいざという時に時間を稼ぐことはできそうですね」

「いざという時はしっかりと戦えるように砦《とりで》にしているしな。だが、肝心の控える人材が足りない」

俺のスキルで籠城できるのはいいが、地の利を利用して魔物を倒せる人材が少ないのが問題だった。

領民は増えているが、まともに戦えるのはここにいる三人程度。

早急に戦力を増やす必要がある。

「これだけしっかりとした保証があれば、嫌でも人は集まってきますよ」

「そうかな？」

「最初に聞いた時、私は耳を疑った」

「三ヵ月も食料をくれる上に、家と畑までくれるんだもんな。一番生活がキツい時期にしっかりとした援助があるってのは有難《ありがた》い事だ」

「大森林という危険はあるけど、魔物の脅威があるのはどこも同じ。新しく生活を始めるには悪くない領地」

「そうか。新しくやってきた二人にそう言ってもらえると嬉《うれ》しいよ」

領民にそう言ってもらえると、こちらも頑張ってやっている甲斐《かい》があるというものだ。

二人だけでなく、他の領民にももっと満足してもらえるように頑張らないとな。

十六話　領民と狩り

「ノクト様、山の中は以前と変わっていますか？」

「……いや、今のところ変わってないように思える。リュゼ、魔物の痕跡はどうだ？」

「以前、領地を襲ったっていうオークの痕跡は一切ない。多分、こっちに流れたりしてるってことはないと思う」

リュゼに尋ねてみると、きっぱりとそう告げられた。

狩人《かりゅうど》であるリュゼがそう言うならば間違いはないだろう。

「ということは、山の方は特に荒れていないみたいだな」

ホッと安心するように俺は呟《つぶや》いた。

以前の襲撃があって、この山にも被害があるのではないかと思ったが杞憂《きゆう》だったようだ。

どうやらオークたちはこちらに流れ着いてはいないらしい。

「まあ、こっちには山の主がいるからな」

「山の主っていうと、なにかおっかない魔物がいるんですか？」

ふと呟いた言葉であったが、グレッグはしっかりと耳にしていたようだ。

「細かいことはわからないが、この山には巨大な魔物がいるらしい。以前も何人かの領民が巨大な影を見たと言っていた」

「巨大な影……ドラゴンとか？」

俺の言葉を聞いて、リュゼが首を傾《かし》げながら呟いた。

「でも、ドラゴンだったら空を飛ぶからすぐにわかるだろう？」

「じゃあ、なに？」

「さあな。俺が子供の時から言われているが誰も姿を見たことはないからな。もしかしたら、ただの見間違えかもしれない」

リュゼに率直に尋ねられるが、それは俺にもわからず肩をすくめるしかできない。

木々の影を見間違えただけかもしれないし、飛んでいるドラゴンの影だったかもしれない。はたまた、無暗《むやみ》に子供が奥に行かないように作り出した話かもしれない。

どちらにせよ、危害を加えられたこともないので気にすることはないだろう。

「まあ、なんにせよ山が安全みたいでよかったですね。せっかくですし、少し食材の調達でもしていきましょうか」

「そうだね」

この山にはたくさんの山菜やキノコ、木の実なんかが自生している。

たった三人でしか採取できなくても俺が拡大してやれば、大量の食料となるのだ。

俺たちはあまり離れ離れにならないように気を遣いながら食材を探す。

アザミ、コゴミ、ウド、シラタケ、野生のオレの実なんかを見つけてドンドンと採取していく。

「領主様、食材が多くなってきたので小さくしてください」

「……私も」

「わかったよ」

グレッグとリュゼが食材を手にしてやってくるので、縮小をかけて小さくしてやる。

採取した大きなシラタケは親指よりも小さくなり、ポーチやバッグに入れても大してかさばることはない。それに帰り道に荷物になる心配がいらないのがいい。

「本当に領主様のスキルは便利。私もこういうのが欲しかった」

まさか、自分のスキルを羨まれるような日がくるとは、スキルを授かった頃は思いもしなかっただろうな。

苦笑いをしながらどう答えたものかと迷っていると、不意に会話をしていたリュゼがこちらに弓を構えた。

勿論《もちろん》、それは俺を攻撃しようとするものではない。俺の後方から気配がしたからだ。

グレッグは既に剣を構えて気配の方に視線を向けており、俺だけが遅れながら剣を構える。

リュゼが睨《にら》みつける先に視線を向けると、茂みから茶色いウサギが出てきた。

ただの山ウサギだ。魔物や猛獣ではないことにホッとする。

「……なんだウサギか。せっかくだから狩ってみるか」

「私が射ようか？」

「いや、俺にやらせてくれ。たまには狩りをしないと身体《からだ》が鈍る」

「……そう、逃がしたら許さないから」

「グレッグの肩に領民全員が肉を食べられるかかかってるんだからな」

「二人とも、プレッシャーをかけないでくれます⁉」

弓を下げて剣呑《けんのん》な言葉をかけるリュゼと俺にビビりながらも、グレッグは狩りを試みる。

小さなウサギの肉でも拡大すれば、巨大な肉に変身する。

今日の夕食に肉が並ぶかはグレッグ次第なので、期待が高まるのも仕方がないことだ。

俺とリュゼが見守る中、グレッグは気配を消してナイフを構えながらウサギに接近。

距離を縮めたグレッグは左手で石ころを投げると、それに反応してジャンプしたウサギ目掛けてナイフを投擲《とうてき》。

それは見事、空中を跳躍するウサギの首に突き刺さった。

「これで今晩の食卓には肉が並びそうだね」

なんてリュゼに声をかけるも、彼女は無言で空を見据えていた。

彼女の視線の先を追うと、木々の間を縫うようにホロホロ鳥が飛行していた。

ホロホロ鳥の肉は非常にジューシーで美味《おい》しいのだが、さすがにこのような遮蔽物が多い中で射《い》貫《ぬ》くのは厳しいだろう。

そう思っていたのだが、リュゼは真上に弓を構えて、すぐに矢を発射した。

矢は空を飛んでいるホロホロ鳥に見事に突き刺さって、俺たちの傍《そば》に落下。

「あんなに遮蔽物が多いのに、よく飛んでいるホロホロ鳥を射貫けるね」

軽く見上げただけでもいくつもの枝葉が広がっている。

その隙間を縫って、空中を飛んでいるホロホロ鳥を正確に射貫いたのには驚愕《きょうがく》せざるを得ない。とても自分にはできない技だ。

「すげえ、腕前だな。なにか弓に関係するスキルがあるのか？」

「【視力強化】と【精密射撃】がある……けど、この程度ならスキルなしでも余裕」

これが当たり前と言わんばかりに淡々とホロホロ鳥の下処理をしていくリュゼ。

まさに、弓を扱うために与えられたようなスキルだ。

ただの変わり者のエルフと思っていたが、想像以上の腕を持っていたらしい。これはとても嬉《うれ》しいことだな。

ウサギとホロホロ鳥の下処理を二人が行っている中、俺は周辺に自生していた殻付き豆を見つけたので採取。

焼き上げて塩と一緒に炒《い》ってやると、とても美味しいんだよな。

次々と採取していると前方にシカが二頭いることに気付いた。

シカは木の実を食《は》んでいるのか、こちらに気付いた様子はない。

しかし、俺が近づくと気付いて逃げてしまう気がする。後ろにいるリュゼに声をかけて、矢で仕留めてもらうか？

いや、ちょっと試したいこともあるので、ここは自分でやってみよう。

腰から剣を引き抜いて、刃先を前方にいるシカに向ける。

真っすぐとぶれないように狙いを定めたら、剣の刀身の長さだけを拡大。

勢いよく拡大された刀身がぐんぐんと伸びていき、振り返ったシカの首に突き刺さって地面に縫い留めた。

もう一頭のシカは突然の奇襲に驚き、慌てて遠くに逃げていく。

さすがにもう一頭を狩るのはキツいな。と思っていたら、ヒュンという音が鳴って逃げ出したシカの頭に突き刺さった。

振り返ると、後ろではリュゼが弓を構えていた。

「獲物がいるなら言ってくれればいい」

「ごめんごめん、ちょっとスキルを試したくてね」

リュゼに頼めば危なげなく二頭とも仕留められたと思うが、このようなスキルを試す機会が滅多にないのも事実だからな。

「うわっ、なんですこの剣は⁉　刀身がデタラメに長いじゃないですか⁉」

「刀身だけを大きくしてやれば、離れた敵も貫けると思ってたんだ」

そう説明しながら縮小を発動すると、剣はみるみる縮んで元の剣の大きさに戻った。

刀身に着いた血を振り払って、鞘《さや》に納める。

「……そんな使い方もできるとは驚きました。ノクト様の剣は変幻自在ですね」

「上手《うま》く操れれば相当な武器になる」

戦闘経験の豊富な二人が言うのだから、このスキルの使い方はかなり有用なのだろう。

「もし、魔物がやってきた際は、できるだけ俺も前に立ちたいからね。足手纏《あしでまと》いにならないように修行中さ」

「領主であるノクト様が戦いに参加するのですか？」

「大事な領地を守るためなら当然だよ。領民たちが戦ってくれる中、自分だけ逃げるなんてできないからね」

領地を守るために奮闘していた父や兄の背中を見て育ったのだ。

もしもの時は俺も二人のように領民と共に戦いたい。

「……ノクトは変わってる」

「そうかな？」

他の領主が緊急時にどうしているかは知らないが、うちではそうするのが普通だったからな。

「にしても、シカが二頭にウサギが一羽《わ》、ホロホロ鳥が一羽と肉が大量ですね。今晩は夕食が期待できそうです」

「どうせなら宴《うたげ》でも開くか？　俺がスキルで拡大すれば、自分よりも大きなステーキを食べることができるぞ？」

「いいですね、それ！　最高です！　是非、やりましょう！」

「……自分よりも大きなステーキなんて食べたことがない」

思い付きで提案したものであるが、かなり乗り気になってくれた。

グレッグは目を輝かせて、リュゼは大きなステーキに想《おも》いを馳《は》せて顔がだらしなくなっている。

「よし、やるか！」

「はい！」

俺たちは狩った獲物を速やかに処理して、領地に戻るのであった。

十七話　肉の宴《うたげ》

突然の思い付きで口にしたものであるが、その情報は瞬く間に領民へと広がり、全員が動き出していた。

領地の中心部では男性たちが次々とイスやテーブルを設置していき、メアを中心とした女性たちが食材を持ち寄って、料理を作り始めている。

「ノクト様、こちらで解体しますので獲物を大きくしていただけますか？」

「ああ、わかった」

グレッグにそう言われて、俺は縮小をかけていたシカ、ウサギ、ホロホロ鳥に拡大をかけてやる。

すると、台の上に載せられた獲物が元の大きさに戻った。

さすがに小さな状態では解体するのが難しいので、元の状態でするようだ。

「ありがとうございます。解体が終わったら、大きくしてもらえると助かります！」

「是非、オレたちよりも大きな肉をッ！」

グレッグだけでなく、解体を手伝っているガルムもそう言ってくる。

かなり興奮しているのか尻尾がブンブンと揺れていた。

狼《おおかみ》系の獣人だけあって、肉が大好きなのかもしれない。

「まあ、そう焦らない。基本的に拡大するのは焼き上がってからだから」

大きな肉になると、それだけ火を通すのに時間がかかってしまう。なので、肉を焼いてから拡大する方がより効率的だ。

「ああ、そうでしたね」

窘《たしな》めるように言うと、ガルムがどこかシュンとする。

「とはいえ、全部そうするつもりはないよ。いくつかは拡大して大きくなった肉を丸焼きにしてもらうつもりさ」

「本当ですか！」

シュンとしていたガルムの尻尾がピンと立った。

全てを効率良くやれば人生は楽しくなるというわけではない。

視覚的に楽しめるように、いくつかは拡大した肉を丸焼きにしてもらうつもりだ。

非効率的であっても、自分よりも大きな肉が焼ける姿にはロマンを感じるな。

「領主様、コイツを大きくしてくれるかの？」

そんなことを考えると、ちょうどローグとギレムが解体した肉を持ってきた。

「わかった。拡大」

「おお！　これで食べ応えのあるモモ肉になったわい！」

「すぐに焼いていくぞ！」

俺がシカの肉を拡大してやると、ローグとギレムは大きな肉焼き器にセットして肉を焼き始めた。

いつの間にあんなものを用意していたんだ。肉の宴をやると言って、それほど時間は経過していなかったというのに。やはり、肉の力はすごいな。

「やばっ！　お皿がないわ！」

「私の家にあるから使っていいよ」

「ありがと！」

肉を焼いたり、解体して喜んでいる男性の傍ら、女性たちは忙しく家を出入りして次々と準備を進めていた。

その中でも突出した働きを見せているのはメアとオリビアだ。

二人は拡大されて大きくなった食材を難なく下処理していく。

そして、解体された肉が到着するとステーキにしたり、野菜と炒《いた》めたり、スープの具材とされて、どんどんと肉料理が出来上がった。

「せっかくだから全部並べられるようにしよう」

そう思って俺は並べられているテーブルに拡大を施す。

勿論《もちろん》、脚まで高くしないように調整してだ。

すると、ただの四人用テーブルが十メートルを越える大テーブルになった。

女性たちはその光景に驚きながらも、笑顔で料理を並べていく。

大きなテーブルに次々と料理が並んでいく姿を見ると気持ちがいいな。

なんて風に料理を眺めていると、フラリと吸い寄せられるようにリュゼがやってきた。

女性たちが料理をしている中、手持ち無沙汰にしている様子を見ると料理の腕前はお察しのものだったのだろう。

苦笑しながら眺めているとリュゼは焼き上がったホロホロ鳥をぱくりと食べた。

「……美味《おい》しい」

「ズルいぞ、リュゼ！　お前だけつまみ食いしやがって！」

「……これは味見」

グレッグが批難の声を上げるが、リュゼはどこ吹く風。

旅するエルフだけあってリュゼは本当に自由だな。

俺が仲介しようかと思ったがその必要はなく、グレッグに連行されて木材の組み立てを手伝わされていた。

どうやらキャンプファイヤーをするらしい。

俺がいなくても衝突することなく、領民同士で行動できている。

これはいい雰囲気だな。

「ノクト様、出来上がった料理の拡大をお願いします」

「わかった。拡大していくよ」

メアに頼まれて頷《うなず》いた俺は、出来上がった料理に次々と拡大を施していく。

ホロホロ鳥の肉がたっぷりと入ったスープの鍋が、巨大な寸胴鍋になって百人単位を賄えるようになった。

シカ肉のローストステーキが拡大されて、一抱えもあるほど大きなものになった。

串焼きになっているウサギの肉が長大になる。

「お肉が大きくなった！　夢みたい！」

「ああ、これは美味しそうだ」

肉料理が次々と大きくなっていく姿を見て、ククルアも大はしゃぎだ。

冷静を装っているが、俺もククルアと同じくらい興奮していた。

こんなに大きな肉を食べるなんて前世でも経験がなかった。

食べても食べてもなくならないであろう量の肉があるのはそれだけで幸せだ。

ククルアの声につられて見に来た他の領民も、巨大なステーキなんかを目にして興奮していた。

そうやって次々と作られる料理に拡大をしていくと、あっという間にテーブルは埋め尽くされた。

「そろそろ、宴を始めようか」

「そうですね。これ以上、お待たせするのも可哀想《かわいそう》ですから」

俺がそう言うと、メアが苦笑いしながら頷いた。

まだ出来上がっていない料理はたくさんあるが、巨大なステーキを目の前にお預けというのは可哀想だからな。

領民にテーブルの傍《そば》に集まるように声をかけると、皆速やかに移動していく。

お腹《なか》が空いているといつも以上に従順だ。

日が傾いて暗くなってくるが、グレッグたちが用意してくれたキャンプファイヤーのお陰で煌々《こうこう》としている。

「……これって俺が何か言わないといけない感じだよね？」

「勿論ですよ」

念のためにメアに尋ねると、しっかりと頷かれてしまった。

ガルム、オリビア、ククルア、グレッグ、ローグ、ギレム、リュゼをはじめとした領民たちの視線が突き刺さる。

あまりこういう場で話すのは慣れていないが、領主として感謝の言葉を告げないとな。

「突然の宴にもかかわらず協力してくれてありがとう。俺とメアしかいなかった領地にこんなにもたくさんの人が増えたことを嬉《うれ》しく思う。これからも皆と頑張ってよりよい領地にしていこうと言いたいところだけど、たまには息抜きも必要だ。今日は思う存分、食べて飲んでくれ！　乾杯！」

「「「乾杯！」」」

俺の音頭に合わせて、領民たちが手に持った杯を掲げて叫んだ。

最初は何もないビッグスモール領にきてくれてありがとうだとか、日ごろ助けられていることへのお礼を言おうとしたが、たくさんの人が増えたことを、の辺りから皆がソワソワし始めたのでやめておいた。

伝えたい感謝の言葉はたくさんあるけど、このような場で長々と話すのは無粋だ。

今は皆と一緒にここまでこられたことを祝い合おうじゃないか。

十八話　巨大な影

乾杯の一口で喉を潤すと、領民たちが早速とばかりに料理に手をつけた。

「みろっ！　たった一つの肉で皿が満杯になっちまったぞ！」

「こんな大きな肉を食べられるなんて夢のようだ」

グレッグやガルムをはじめとする男性たちは、皿をはみ出してしまいそうな肉に大興奮だ。

「美味《うま》いっ！」

「……幸せだ」

そして、シカ肉のローストを食べて歓喜の声を上げるグレッグと、幸せそうな表情で呟《つぶや》くガルム。肉だけでなく幸せまで噛《か》みしめているかのような表情だ。

「ギレム、そっちは火が通ったか？」

「ああ、いい感じじゃ。そろそろ回すかの」

ローグとギレムの方は拡大されたシカのモモ肉をじっくりと火で炙《あぶ》っていた。

こんがりと焼き目のついたモモ肉がとても美味《おい》しそうだ。

しかし、大きさが大きさだけにしっかりと火が通るには時間がかかりそうだ。

ウサギの串肉とエールを手にしながら、じっくりと肉を見守るのも中々良さそうだな。

「これ食べたい！」

「ちょっと切るから待ってて」

ククルアがせがみ、オリビアがナイフを手に取って肉を切り分ける。

「えー？　せっかく大きいお肉なのに切っちゃうの？」

「そうしないとすぐにお腹《なか》いっぱいになって、たくさんのお肉が食べられないわよ？」

「あっ！　それはダメ！　切って！」

なんとも微笑《ほほえ》ましい光景だろうか。見ているこちらも笑顔になってくる。

リュゼは黙々とホロホロ鳥のソース野菜炒《いた》めを食べ、他の女性たちも和やかに会話をしながら料理を口にしている。

ちょっとした息抜き程度にやった催しであるが、やってみて良かったと心から思えるな。

「ノクト様もどうぞ」

「ありがとう、メア」

領民たちの様子を眺めて感傷に浸っていると、メアが料理を持ってきてくれた。

お皿にはシカのロースト、ウサギの塩焼き、ホロホロ鳥のソース野菜炒めといった様々な料理が入っているが、それ以上に葉野菜が多かった。

というか、三対七くらいで野菜の方が圧倒的に多い。

「……メア、もうちょっとお肉を入れてくれてもいいんだよ？」

「肉ばかりじゃ身体《からだ》によくありません。これもノクト様のためですから」

あくまで主人を気遣うメイドといったスタンスを崩さないメア。

今日くらい肉ばかりでもいいのではないかと思ったが、それをズルズルとやってしまうのが俺の悪い癖だ。

心配してもらえることは嬉《うれ》しいことなので、ここは素直に受け入れておこう。

俺は皿に盛りつけられているシカのローストを口にする。

野性味のある肉の味が口の中で広がり、濃厚なソースと見事にマッチしている。

食感もとても柔らかく、練り込まれたハーブ、調味料がしっかりと仕事をしていた。

「このロースト美味しいな。臭みもほとんどないし柔らかい」

「ありがとうございます。そのローストは自信作なんです」

思わず感想を口にすると、メアが嬉しそうにそう言った。

どうやらこのローストはメアが作ってくれたみたいだ。

「さすがだな」

「屋敷《やしき》では仕込みをお手伝いすることもありましたから」

本来ならばメイドが食材の仕込みをすることはないが、うちは貧乏貴族。

料理人こそいたが、何人も雇うような金銭的余裕がなかったので仕方のないことだ。

しかし、こうして毎日メアの美味しい料理が食べられているので、良かったと言えるだろう。

シカのローストを食べると、今度はあっさりとしたウサギの塩焼きを食べる。

この淡白な肉の旨味《うまみ》と塩が抜群だ。

ウサギの肉は他の肉に比べてあっさりとしているので、とても食べやすい。

そうやって野菜と一緒に肉を食べ進めていると、メアがずっと傍《そば》にいることに気付いた。

「メアも食べてきていいんだよ？」

「私はノクト様のメイドですからお世話をいたします」

メイドの鑑《かがみ》であるが、それでは息抜きになっていない気がする。

「ありがたいけど、今日くらいは気を休ませないと。それに新しい領民との交流も大事だよ？」

「わかりました。では、私も楽しませてもらいますね」

俺がそう言うと、メアはオリビアたちのいる女性陣のところに混ざった。

唯一残ってくれたメアにも、ちゃんとした新しい居場所を作ってやりたいしな。

とはいえ、積極的に働いて領民から頼りにされている今のメアには、そのような気遣いは不必要かもしれないがな。

「領主様、いいモモ肉が焼けましたよ！」

「一緒にどうじゃ？」

メアを見守っていると、グレッグやローグたちに呼ばれた。

どうやら拡大したシカのモモ肉が遂《つい》に焼き上がったらしい。

「おお、美味しそうだね！　俺にも食べさせてよ！」

香ばしい匂いに釣られて、俺はすぐに駆け寄るのであった。

◆

「大森林の近くにある辺境の地。最初はどうなることかと思いましたけど、行ってみれば住み家は貰《もら》えるし、食料もくれる、畑もくれるしで居心地がいいなぁ！」

「まったくです。大きな街のように防壁もありますし、ここの人たちは獣人を差別しないのでとてもいい場所です！　前の暮らしよりも断然いいですよ！」

「おうよ！　それにノクト様も優しいしな！」

宴《うたげ》が進むにつれて領民たちの食は落ち着き、代わりにお酒が進んで語らいへと移行していた。

キャンプファイヤーの前でお酒が入って舌足らずのグレッグと、ガルムが仲良く肩を組んで喋《しゃべ》っていた。

「あらあら、あの人ってば楽しそうにしちゃって」

そんな光景を妻であるオリビアが微笑ましく見守っている。

ガルムは獣人にしては穏やかな性格だ。

そんな彼が人間であるグレッグと仲良く語らっている姿を見るのは、単純に嬉しいのだろう。

その後に続く会話はろれつが回っていないせいでほとんどわからないが、領地を気に入ってくれている言葉だというのは最初の流れでわかった。

「領主様も嬉しそうにしておるの」

二人を眺めているとローグとギレムが杯と肉のつまみを持って傍に腰を下ろした。

ギレムが無言で杯を渡してくるので、苦笑しながらそれを受け取って飲む。

「皆には新しい生活をしてもらうことになったからね。今の生活が前よりもいいと言われてちょっとホッとしたんだ」

皆にも前の生活環境があったはずだ。それぞれの理由はあったにせよ、それを捨ててこちらにやってきてくれたのだ。

俺の領地にやってきて後悔だけはしてほしくなかった。

「ノクト様が懸念しているようなことは誰も抱いていないと思いますよ。少なくとも私たちの家族は前よりも断然いい暮らしをしていますから、ここにやってきて本当によかったです」

「ワシらもじゃ。依頼人に手を出してしまってからは、どこも雇ってくれなくなっての。こんな風にのびのびと楽しくやれる場所は中々ないわい」

「偉そうな貴族の関係者もいないしのぉ」

オリビア、ローグ、ギレムが紛れもない本音を述べてくれる。

屈託のない笑みでここにやってきて本当によかったと言ってくれる彼等《かれら》に、俺は少し救われた気がした。

そして、そう思ってもらえることができているのだと自信になった。

「ありがとう。そう言ってもらえて嬉しいよ。だけど、俺の領地は魔物への備えも不十分だし、商店や食堂、娯楽だってロクにない。もっと人を呼んで、どんどん生活を向上させていかないと……」

こうやって羅列していくと、俺の領地はまだまだ足りないものだらけだ。そして、それだけ皆に負担をかけているということになる。

一刻も早くなんとかして、皆の生活をもっと快適なものにしないと。

なんて考え込んでいると、オリビアたちがクスクスと笑う。

「ノクト様はいつも私たちのことを考えてくださるんですね」

「嬉しいことじゃが、もうちょっと気楽でええんじゃぞ？」

「まあ、それがお前さんらしいとも言えるがの」

しまった、こんな時なのについ真面目に考え込んでしまった。

今は忙しい生活の一種の息抜き。俺がこんなんじゃ皆も楽しめないしな。

「ごめんごめん、もう一度乾杯でもして飲み直そうか」

「おお、いいの！　オリビアも一緒にどうじゃ？」

「いいですね、是非お願いします」

空気を変えるべく提案すると、ローグだけでなくオリビアも乗ってくれた。

オリビアが杯を取ってきて、ギレムが酒を注ごうとすると悲鳴のような声が上がった。

十九話　巨人族の女の子

「う、うわああっ！　なんだお前はっ⁉」

尻餅をついたグレッグの視線の先にはキャンプファイヤーの炎に照らされた巨大な女の子がいた。

「お、大きいっ……」

「こいつはたまげた」

隣にいるオリビアとローグが息を呑《の》む。

何よりも特徴的なのはその大きさだ。俺たちと同じ姿をしていることから人間なのは間違いないが、単純なスケールが違い過ぎる。

目の前にいる彼女の身長は軽く六メートルはありそうだ。男性でも比較的大柄なグレッグが子供のように見えてしまう。

長い金色の髪をしているが、あまり手入れをしていないのかボサボサで無造作に伸びている。身に纏《まと》っている布も人間の服というよりも、野生動物の毛皮を纏っている程度だ。

野生児という言葉が思わず出てしまうほど、巨大な彼女は俺たちと違っていた。

俺たちと同じように顔があり、身体《からだ》があり、手足も生えている。

しかし、大きさが違い過ぎるが故に、領民たちはどうしていいかわからないようだった。

大きいというのはそれだけで武器だ。

彼女の巨木のような大きさを誇る腕に捕まれば、俺たちはなすすべもなく握りつぶされてしまう。巨大な足で踏みつぶされそうになっても、とても受け止めることはできないだろう。

そんな想像をしたのは俺だけでなく、グレッグをはじめとする領民が恐れをなして下がる。

その瞬間、巨大な女の子がどこか悲しそうな表情をした。

もしかして、俺たちと話でもしたいのだろうか。

領民がすっかりと怯《おび》えてしまっているなら、ここは代表者である俺が話をするべきだろう。

「ノクト様、危険です」

前に出ようとすると、メアが俺の手を握って引き留める。

「いや、きっと大丈夫だよ。もし、襲うつもりだったなら彼女はとっくにそうしているはずだ」

「そうかもしれませんが……」

「大丈夫。俺も対策だってするから」

「……わかりました。無茶だけはしないでください」

俺が自信を持って言うと、メアは手を離してくれた。

領主である俺が前に出ていくと、領民だけでなく彼女からの視線が注がれる。

どことなく警戒しているように見える。俺になにかされると思っているのかもしれない。

ボサッとした髪の毛の奥から見えるのは、宝石のように綺麗《きれい》な青い瞳だった。

しかし、視線一つ合わそうにも彼女は見下ろし、俺は見上げなければならない。

それではまっすぐと向かい合って話をすることも難しい。

だから、俺は自分に拡大を施した。

頭身のバランスは崩さないように彼女と同じくらいの身長に。

ぐんぐんと身体が大きくなっていき、遂《つい》に俺の視線がまっすぐに彼女を捉えた。

領民たちの驚いたような声が上がり、小さくなった。

皆、目を丸くして口元をポカンとさせてこちらを見上げている。

目の前にいる女の子も同じで目を見開いていた。

やがて、女の子は我に返ると、ゆっくりと口を開いた。

「……私と同じ巨人族なの？」

きちんと彼女が喋《しゃべ》れることに安堵《あんど》しながら、俺はできるだけ優しい口調で話す。

「いや、違うよ。ちょっと変わったスキルのお陰で普通の人間さ」

「そ、そうなんだ。でも、同じ目線で話すのは久しぶりで嬉《うれ》しい」

そう言うと、女の子は心底嬉しそうな笑みを浮かべた。

自分と同じ目線で話せる人に安心したのか、どこか緊張感が解けたみたいだ。

「俺はノクト＝ビッグスモール。君の名前を教えてくれるかい？」

「ノクト………私はベルデナ」

俺の名前を反芻《はんすう》するように呟《つぶや》くと、彼女は名前を教えてくれた。

「ベルデナはどこからやってきたんだい？」

「あそこの山」

ベルデナが指さしたところは俺が昼間に調査に赴いた北側の山だった。

あの山で目撃された巨大な影……もしかすると、この子がその正体なのかもしれない。というか、そうなのだろう。

「いつの間にかデカい壁ができているのが見えて、やってきたら楽しそうな声といい匂いがした」

どこか消え入るような声を発しながら、ぐうぅと盛大にお腹《なか》を鳴らすベルデナ。

想像していた以上に可愛《かわい》らしい理由に空気が和らぐのを感じた。

「そっか。ベルデナは宴《うたげ》に混ざりたかったんだな。料理ならたくさんあるし、ベルデナも食べていくか？」

「いいの？　私、巨人族だからいっぱい食べるよ？」

「俺のスキルを使えば、料理も巨人族サイズになるよ」

そう言って、俺はテーブルにあるシカ肉のステーキを皿ごと拡大した。

それを手にして、もう一度ベルデナの目の前で拡大してみせる。

すると、ステーキはさらに大きくなって、巨人となった俺でも一口では食べられない大きさになった。

「うわぁっ！　ノクトってすごい力を持ってるんだね！　食べていいの？」

「勿論《もちろん》だよ」

俺がそう言うと、ベルデナはステーキを手に取って一口食べた。

「～～ッ!!　……こんなに美味《おい》しい食べ物は初めて！」

ベルデナは喜びを表すかのようにバタバタと足を動かした。

メアやオリビアたちが作ってくれた料理が相当気に入ったらしく、もはや俺たちのことを忘れて無心で食べている。

「なんだ、ビックリしたけどいい子みたいだな！　美味しそうに食べている姿を見ると、また食いたくなってきたな！」

「あらあら、料理を追加しようかしら？」

ベルデナの無邪気な様子に癒《いや》されたのか、グレッグやオリビアをはじめとする領民たちが宴を再開しだす。

最初はその大きさに驚いてしまったが、ベルデナは俺たちと変わらないただの子供だ。

そう思えば、別に怖がる必要もない。

「酒も随分と減ってきたようじゃの。領主様、ワシらの杯も大きくしてくれ！」

「ん？　杯を大きくすると酒も増える？　……ということは、領主様は酒を増やすこともできるってことになるのぉ！　酒の神じゃっ！」

「こりゃ、いかん！　この領地にドワーフが押し寄せることになるわい！」

目をクワッと見開いて興奮した様子を見せるローグとギレム。

酒が入り過ぎて酔ってしまったのだろうか。などと現実逃避をしているが、彼等《かれら》の酒への執念を考えると十分にあり得る話だった。

酒を増やせるということを大々的に宣伝してドワーフの鍛冶師を募る。悪くない方法にも思えたが、飲んだくればかりが集まりそうでちょっと頭が痛いな。

「おーい、ベルデナの嬢ちゃん。こっちのホロホロ鳥のソース野菜炒《いた》めも食ってみろよ！」

「こっちのウサギ肉の塩焼きも美味しいですよ」

「本当？」

グレッグやガルムが料理を持ってくると、シカ肉のステーキに夢中になっていたベルデナが興味を示す。

他の料理にも興味を示すので、俺が拡大してあげるとベルデナはもりもりと食べた。

「……なんだか餌付けしてるみたいで楽しいな」

「ですね」

ベルデナを見ながらそう呟くグレッグとガルム。

ベルデナは俺たちの料理をかなり気に入ったらしく、とても美味しそうな表情を浮かべている。

彼女の様子を見て、オリビアやメアも追加で料理を作り始めている。

これだけ美味しそうにしている姿を見ると、料理人も気持ちがいいよな。

「ベルデナ、美味しいかい？」

「うん！　皆の作った料理、すごく美味しいよ！」

「普段、ベルデナは料理とかするのかい？」

山に住んでいるというベルデナの食生活がちょっと気になった。

「んー、適当に動物とか狩って丸焼きにしたり、果物とか木の実とか食べてた！」

山で生活しているだけあって、あまり文明的な生活はしていなかったようだ。

「あと、森からフラッてやってくる魔物とかも食べてた！」

「へ、へえ、そうだったんだ」

まるで普通の食生活かのように語るベルデナの言葉を聞いて、俺は表情が強張《こわば》る。

大森林の魔物が山にあんまり行かないと思っていたら、ベルデナにやられていたようだ。

魔物を倒して食べるような巨人族がいれば、魔物も恐れをなして大人しくするのもわかる気がした。

俺たちの領土は人知れずベルデナに助けられていたのかもしれないな。

二十話　ベルデナ

「ふあー、美味《おい》しいものをお腹《なか》いっぱい食べて幸せー」

「満足してもらえてよかったよ」

たくさんの料理を食べたベルデナが満足そうにお腹を撫《な》でた。

巨人族だけあってか彼女の食欲はすさまじいもので、料理をかなり拡大した。

明日から普通に食べる料理のスケールに物足りなさを感じてしまいそうだ。

「さて、夜も更けてきたしそろそろ片付けるか」

「そうですね。あなた、手伝ってください」

「んん……？」

長く続いた宴《うたげ》もお腹が膨れて満たされると終わりへと近づく。

領民たちはどことなく眠そうにしながらテキパキと後片付けにとりかかる。

子供たちは大半が家に戻っており、残っていた元気な子供もこくりこくりと船をこいで、母親に連れ帰られていた。

大きくなったままの俺は、迂闊《うかつ》に動くと迷惑がかかるので拡大したテーブルやイスに縮小をかけるだけにとどまった。

そして、あっという間に後片付けが終わり、領民たちは家に帰ることになる。

「じゃあなー！　ベルデナちゃん！」

「また、遊びにきてくださいね」

「う、うん！　皆、ありがとう！」

グレッグやオリビアたちが手を振り、ベルデナもそれに元気よく応えた。

そして、皆が家の中に入っていくのをベルデナは寂しそうに見つめていた。

俺たちはここに住んでいるが、ベルデナの住み処《か》は山の中だ。

同じ場所に帰ることができないのを寂しく思っているのだろう。

ベルデナは巨人族というだけで、俺たちと変わりない人間だ。

山で生活をしていたせいか世間知らずなところはあるが、すごく性根も真《ま》っ直《す》ぐで優しい。

彼女のことを領民たちも気に入っているのは明らかだった。

俺は少し考え込んだ後に、勇気を振り絞って言ってみる。

「……ベルデナ、ここに住まないか？」

俺の言葉にベルデナは驚いたように目を開いた。

既に俺の領地でもある山に住んでいるベルデナに言うのはおかしいが、彼女であれば一緒に生活できると思った。

「……すごく嬉《うれ》しいよ。ここの人間たちはすごく優しいし、私を見ても攻撃してこない。ノクトだっているし、私も皆みたいにここに住んでみたい。でも、私は巨人族だから皆と一緒に過ごすのは難しいよ」

シュンと顔を俯《うつむ》かせながらどこか諦めたようなベルデナ。

宴の時は明るく、屈託のない表情を見せていた彼女であるが、どうやら過去に人間と色々とあったようだ。

そうだよな。そうでなければ、ベルデナは山で生活なんてせずにどこかの村か街に降りて人間と共に生活していただろう。

「私は皆よりも大きいから、皆と同じ目線で話して、食べて、笑って……そういうことができないんだ。家にも入れない」

青い瞳を潤ませながら吐露するベルデナ。それは彼女の願望のように思えた。

それは誰もが普通に皆と共有できることであるが、巨人族である彼女にはできない。

同じ空間にいることすら難しく、家に入ることすらできない。

しかし、それができるのであればどうだろうか？

まだ自分にしか試したことはないが、俺のスキルは人体にも作用する。

ベルデナに縮小をかけて、俺たちと同じ大きさになれば問題ないんじゃないだろうか？

魔物であるスライムだってていけたんだ。ベルデナだってできる可能性は十分にある。

「じゃあ、俺のスキルでベルデナが小さくなれるとしたらどうだい？」

「え……？」

驚くベルデナをよそに、俺は自分の身体《からだ》に縮小をかけて元の大きさに戻る。

「俺たちと同じ大きさになれば、ベルデナが思うような問題もなく皆と生活できると思うんだ」

「……でも、そんなことできるの？」

「確証はないけど、試してみないかい？」

「……うん、お願い。やってみて。私もノクトたちと一緒に暮らしたいから」

そう提案すると、ベルデナは力強く頷《うなず》いて目を瞑《つぶ》った。

了承がとれたので俺はベルデナに手をかざして縮小をかけてみる。

「んっ！」

すると、ベルデナがうめき声を上げて身体を強張《こわば》らせた。

スライムの時よりも大きな抵抗を感じる。

僅かにベルデナの身長が縮んでいるように思えるが、劇的な効果は出ていない。

かけられたスキルに無意識にベルデナの心と身体が抵抗してしまっているのだろう。

「このスキルを人間に施すには、恐らく相手との信頼が大事なんだと思う。ベルデナ、俺のスキルを怖がらずに受け入れてくれ」

「わかった。ノクトを信じる」

ベルデナはそう言うと、身体をリラックスさせた。

すると、スキルの抵抗があっさりとなくなり、ベルデナの身体がみるみる小さくなっていく。

そして、ベルデナは俺と同じくらいの身長になった。

「ベルデナ、もう目を開けてもいいよ」

俺がそう言うと、ベルデナはゆっくりと目を開ける。

目の前の俺やメアと目線が合う事に驚き、自分の手足をしきりに確認する。

「ノクトやメアが大きくなったわけじゃなく、私が本当に小さくなったんだよね？」

「ああ、そうだよ」

確かめるように尋ねてくるベルデナの言葉にしっかりと頷いてあげる。

「これが人間の世界。普通の皆の目線なんだ……」

ベルデナは改めて自分の状況を理解したのか、嬉しそうに青い瞳から涙をこぼすのであった。

◆

ベルデナが落ち着くと、俺たちは屋敷《やしき》へと戻る。

小さくなったとはいえ、ベルデナは今まで山でしか暮らしたことがない。人間の一般的な生活経験は皆無に等しい。

そんな状態の彼女を民家に放り込むのはさすがに可哀想《かわいそう》なので、俺とメアが屋敷でしばらく面倒を見ることにしたのである。

「うわー、人間の歩幅って本当に小さいんだ。歩いても歩いても進まないや」

そんな本人であるが特に落胆した様子はない。

むしろ、小さくなってしまった現在を心底楽しんでいるように思える。

自分の足や周囲の光景が楽しくて仕方がないといった感じだ。

「おっと、危ない」

周りの景色に気を取られているベルデナが躓《つまず》いたので、慌てて俺が支えてあげる。

「急激に身長が変わると今までの感覚とズレが出るから足元には特に気を付けてね」

「えへへ、ありがとうノクト。これからは、転びそうになってもこんな風に受け止めてもらえるんだね」

注意するが、ベルデナは受け止めてもらえたことが嬉しいのかにこっと笑っていた。

あんまり忠告が頭に入っていない気がするが、今日くらいは大目に見てあげることにしよう。

俺かメアが注意してみてあげれば済むことだ。

などと思っていると、後ろを歩いているメアの顔がどこかむくれている気がする。

「どうかした、メア？」

「……なんでもありません」

気になって尋ねてみるも、メアはぷいっと顔を逸《そ》らして言う。

いや、唇が尖《とが》っているし、いかにも不満そうなんだが。

まあ、女性については深く尋ねると何が起こるかわからないし、あまり深く尋ねないでおこう。

そうやってベルデナの面倒を見ながら歩いていると、俺たちの屋敷にたどり着いた。

「ここがノクトの家？」

「そうだよ」

「皆の家よりも大きいね！」

「まあ、仮にも領主の家だからね」

「領主って？」

「皆のリーダーみたいなものだよ」

「そうなんだ！」

まあ、メアには色々と足りない知識があるが、それはおいおい教えていってあげればいいだろう。

それよりも今はやってあげたいことがある。

屋敷の門をくぐると、俺とメアは玄関の扉を開ける。

そして、二人で速やかに燭台《しょくだい》に火をつけて玄関で呆然《ぼうぜん》と待っているベルデナを迎え入れた。

「それじゃあベルデナ、俺たちの家にようこそ」

「これからは私たちの領地で暮らしませんか？」

「うん、うん！　ノクト、メア！　こちらこそ、よろしく！」

俺たちの言葉に感極まったのかベルデナは嬉し涙《なみだ》を流しながら抱き着いてきた。

人間サイズながら巨人族のパワーは健在なのか、俺とメアはあっけなく押し倒されたのであった。

二十一話　ベルデナの役割

ベルデナがやってきた翌朝。

屋敷《やしき》の寝室で今日も目を覚ましたのであるが身体《からだ》が妙に重い。

もしかして、風邪を引いてしまったのだろうか？

「んん……」

寝起きでボーッとした思考の中そんなことを考えていたが、不意に聞こえた僅かな吐息に意識が覚醒する。

恐る恐る右側を見てみれば、そこには見た事のない少女が眠っており俺に抱き着いていた。

絹のような金色の髪に綺麗《きれい》な白い肌。顔立ちはとても整っており、紛れもない美少女である。

頭の中で知り合いや領民の全てを思い浮かべるが、このような少女は知り合いにいない。

「うわっ！　誰っ⁉」

「ん、んん……もう朝？」

驚きながらも身を起こして離れると、ベッドに入り込んだ少女が寝ぼけながらもそう呟《つぶや》いた。

少女は眠そうに瞼《まぶた》を擦ると、パッチリとした青い瞳を向けた。

「ノクト、おはよう！」

そして、元気よくそう叫ぶと再び俺に抱き着いてくる。

女の子特有の良《い》い匂いだったり、柔らかい感触だったり、ベッドの上だったりと色々と状況がマズい。

「お、おお、おはよう！　でも、君は誰だい？」

「ええ、ノクトってばどうしてそんな酷《ひど》いこと言うの？」

改めて尋ねると、少女は酷く傷ついたような顔をする。

そんな様子を見ると、こちらが酷く悪いことをした気になるが、知らない人に名前を尋ねただけで特に悪いことはしていない。

しかし、目の前の少女は今にも泣いてしまいそうで一体どうすればいいのか。

「ノクト様、失礼いたします。こちらに――」

などと戸惑っているとメアが控えめなノックをしながら入ってきて固まった。

今の状況を俯瞰《ふかん》してみると、見知らぬ美少女とベッドの上で抱き合っている俺という構図だ。

「ち、違うんだ、メア！　この子が――」

「あっ、メアだ！」

ドラマで見る不倫現場のような言葉を出してしまったが、それを遮るように少女が元気な声を上げた。

俺だけでなくメアも知っている？

もしかして、目の前にいるこの子は――

「ベルデナさん！　こんなところにいたんですか。ちゃんとベッドで寝てくださいって言ったじゃないですか！」

「だって、ベッドって慣れないし一人じゃ寂しかったんだもん！」

俺の予想通り、目の前にいる金髪の少女は巨人族のベルデナであった。

「本当にベルデナなんだよな？」

「そうだよノクト。急に知らないフリなんてするから傷ついたよ！　俺の領地に住まないかって誘ってくれた癖に」

おずおずと尋ねると、ベルデナが不満を露《あら》わにしながらそう言った。

「ごめん。でも、昨日と全然違うからわからなかったんだ」

昨夜、就寝の前にベルデナをお風呂に入れてあげることになった。

そうなると、男性である俺に役目はないわけで、その後も寝室で寝るだけ。

後のことはメアに任せて俺は先に就寝したのである。

「そう思ってしまうのも無理ないですね。お風呂に入って、身なりを整えるとベルデナさんすごく綺麗になりましたから」

「うん、なんというか別人かと思っちゃうくらいだよ」

肌の汚れは落ち、ボサボサだった髪は見事に艶を取り戻している。

昨夜、覗《のぞ》き見た段階でも綺麗な顔立ちをしているかもしれないと思っていたが、想像以上であった。この変化には領民もビックリするだろうな。

「本当？　私、綺麗？」

「うん」

「綺麗？」

俺がハッキリと言わなかったからだろう、ベルデナが求めるように強調してくる。

「うん、ベルデナは綺麗になったよ」

「えへへ、そっか！」

俺にも綺麗と言ってもらえて嬉《うれ》しいのかベルデナは満足そうに笑っていた。

そんな風に素直に喜ばれるとこちらまで照れてしまいそうだ。

「それにしても、ベルデナさんはいつまでノクト様に抱き着いているんですか。そろそろ離れてください」

「えー？　なんでー？　別にいいじゃん？」

「よ、よくありません！」

まさか平然と切り返されるとは思っていなかったのだろうメアが狼狽《うろた》えながらも反論。

「あー、わかった！　メアってば羨ましいんだ！」

「ち、違いますから！」

ベルデナにからかわれてメアが顔を真っ赤にして叫ぶ。

どうやらベルデナは色々と学ばなければいけないことがあるようだな。

これからしばらくの間は生活が賑《にぎ》やかになりそうである。

◆

それぞれが朝の身支度を済ませると、ダイニングルームで朝食を摂《と》る。

今朝のメニューは宴《うたげ》の残りの肉と野菜のスープにパンだ。

三人揃《そろ》ってイスに座ると、俺たちは朝食を食べる。

「んー、美味《おい》しい！」

山でロクな料理を作ってこなかったベルデナにとって、ここでの料理は全て新鮮に思えるようだ。食べている時の彼女は本当に幸せそうだ。

「ノクトたちは毎日こんな美味しい料理を食べてるの？」

「メアの腕がいいのもあるけど、さすがに毎日こういう料理を食べることは難しい状況だね」

「なんで？」

「このスープにはたくさんの野菜や肉が入っているからね。特に肉は中々手に入る状態じゃないから、毎日食べるのは難しいんだ」

残り物とはいえ、たくさんの野菜と肉が入っているためにこのスープは豪勢なもの。

さすがに肉の旨味《うまみ》なしでは、これと同じくらいの味を再現するのは難しい。

「ええ？　ここにはお肉を取る人がいないの？」

「いるにはいるんだけど数人しかいないからね」

現状ではグレッグやリュゼが主な狩人《かりゅうど》であり防衛戦力だ。他にも数人の農民が兼業で狩人をやってくれているが、まだまだ足りているとはいえない。

グレッグとリュゼがやってきてくれたのは本当に最近だったので、ようやく昨日山に入れたというわけである。

まだ山に慣れるまで時間がかかるだろうし、一日活動しても成果がないという場合もある。

昨日のように安定して肉が食べられるかというと微妙だった。

「だったら、私がお肉をとってくる！」

「ええっ、ベルデナさんがですか？」

「うん！」

メアが思わず驚きの声を上げるが、ベルデナは気にした様子をみせずしっかりと頷《うなず》いた。

「……ベルデナ、山に入るってことは、魔物や狂暴な獣と遭遇することもあるんだよ？」

「それなら毎日のように戦ってたよ」

それもそうだった。ベルデナは山でずっと一人で暮らしていた強者《つわもの》だった。

魔物を相手にしても返り討ちにして食料にしていたと聞く。

思わず口にした問いかけであるが、愚問だったのかもしれない。

「いや、でも今のベルデナは巨人族の姿とは違うんだ。今もそんな風に戦えるかはわからないじゃないか」

「確かにそれはそうですね」

身長が六メートル以上あった時であれば、ベルデナの体軀《たいく》をいかして獣や魔物を倒せたかもしれない。

しかし、今は俺たちと同じくらいの身長をした女の子だ。とても、以前と同じように戦えるとは思えない。

「そんなことないよ。身体は小さくなったけど、多分前と同じように戦えるよ？」

グッと拳を握り締めながら根拠もなしにそう告げるベルデナ。

もしかして、縮小されても内包された巨人族のパワーが残っていたりとか？

自分の身体で試した時は縮小されると力も声も弱まっていたように思えるが……。

でも、他人に施したのは初めてだし何ともいえないな。

ベルデナは子供っぽいところはあるが、強がりで嘘《うそ》を言うようには見えないし。

「わかった。今日はベルデナが森に行けるような実力があるか試してみることにしよう。それで十分な実力があれば、狩人として働くってことでいい？」

「うん、わかった！」

俺の提案に文句はないのかベルデナは素直に頷いた。

ひとまず、実力を測ってみてそれからベルデナがどうしたいか改めて尋ねてみることにしよう。

二十二話　狩人兼護衛《かりゅうど》

「よし、この辺にしようか」

朝食を食べ終わった俺は、ベルデナの実力を見るために屋敷《やしき》の庭に移動した。

今は使用人がいないために芝の手入れがなっていないが、ここならば転んだりしても怪我《けが》は最小限に抑えられるはずだ。

「ベルデナはどうやって山で戦っていたんだい？」

「うーん、その辺にあるものを棍棒《こんぼう》にして使ったり、石を使ったり。あとはそのまま拳とか！」

ブオンと右ストレートを放ちながら答えるベルデナ。

今の拳圧や自信満々の態度から見るに結構な実力がありそうだ。

となると、剣での戦いはあまり慣れていないのかもしれないな。

「わかった。なら、最初は組手をしよう」

「組手って？」

「武器を使わずに体術で戦うことさ」

「わかった！　それでいいよ！」

大体の戦い方がわかったのか、ベルデナは笑顔で了承する。

まずは体術で身体《からだ》の動きを見てみよう。それである程度の実力はわかるはず。

「メア、開始の合図を頼むよ」

「わかりました」

メアに審判役を頼むと、俺は腰を低く落として構えを見せる。

対するベルデナは身体を軽く捻《ひね》ったりするも、特に構えを見せる様子はない。

自然体といった感じで突っ立っている。

武芸を嗜《たしな》んでいる風はないが、山で魔物や狂暴な獣を退治していたので油断はできない。

「それではいきますよ……始め！」

メアによる合図の声が上がった瞬間、前方にいたベルデナの姿が消えた。

視界から一瞬にして消え去ったベルデナを探して視線を巡らせると、不意に視界が斜めになって、気が付くと俺は空を眺めていた。

「えっ？」

遅れて自分が倒れたのだとわかり、頭の中が疑問符で埋め尽くされる。

あれ？　一体、どうなったんだ？　気が付けばベルデナがいなくなって流れるように倒された？

「……ノクト、もしかして手を抜いた？」

俺が戸惑っていると、ベルデナがこちらを覗《のぞ》き込《こ》むように見ていた。

その表情には純粋な疑問と不満のようなものが混じっている。

もしかして、俺が手を抜いていたのだと誤解されているのかもしれない。

「いや、そんなことはないよ。ベルデナはあの山で生活していたほどの実力者だ。手を抜いたり、舐《な》めてかかるようなことはないさ」

「じゃあ、ノクトは今ので本気なの？」

ただ、事実を確かめるための純粋なベルデナの言葉。

「あ、はい。今のが基本的な実力になります」

筋肉を拡大していたりすれば純粋な力は上がるが、それがあったところで彼女の速さに対抗できたわけでもないので言い訳にもならない。

たとえスキルで対抗しようが、その前にやられてしまえば同じことだ。

恥ずかしいことであるが、俺の実力ではベルデナにまったく歯が立たなかったのである。

素直に事実を述べると、ベルデナは難しい顔をして腕を組む。

「……うーん、ノクトって人間の中では特別に弱いとか？」

「確かに冒険者や騎士などの一流の戦士に比べると弱いだろうけど、そこまで弱いはずじゃないと思うよ」

「は、はい。ノクト様は決して弱い方ではないと思います」

やられて尻すぼみがちになっている俺をメアがフォローしてくれる。

グレッグやリュゼのような経験豊富な冒険者や狩人には引けをとるかもしれないが、昔から剣の稽古や体術の稽古は受けていたし、魔物と戦った経験もある。

ベルデナの思うような特別に弱いような枠ではないと思いたい。

「そうなんだ。でも、これじゃあノクトが心配だよ」

「逆にベルデナが強すぎな気がするけど……」

ベルデナが接近したことを全く知覚できなかった。恐らく、俺の反応速度を上回る速度で接近してきたのだろう。

そんなことができる相手は見たことがないのだが。【剣術】のスキルを持っていた兄より速かったような？

「決めた！　私、ノクトの護衛をする！」

「俺の護衛？」

「うん、だって私が傍《そば》にいないとノクトがあっという間に死んじゃうから」

ベルデナからすれば、そこまで心配してしまうほど俺が弱いのだろうか。

仮にベルデナが魔物だとしたら、俺は一瞬で殺されてしまっていたわけだけどそんな魔物が山や大森林にいるのだろうか。

「確かに護衛はいるに越したことはないけど、現状ではベルデナを護衛だけに縛り付けておくのは勿体《もったい》ない気がするな」

「それでしたら狩人兼ノクト様の護衛とするのはいかがでしょう？　ノクト様のお気持ちもわかりますが、私としては護衛は必要だと思います。ノクト様に頼り切りな現状、ノクト様の身になにかあれば領地が破綻してしまいますから」

そうだな。メアの言う通り、今の領地は俺のスキルによって立て直しができている状況だ。

ここで俺がスキルを発動できないような状態になってしまえば、せっかくの努力も無駄となる。

スキルがなくても生活していけるようになるまで、俺の安全を確保しておくのが重要か。

「そうだな。じゃあ、狩人をやりながら、必要な時は俺の護衛として働いてもらうことにしよう」

「それがいいと思います」

「そんな感じでいいかいベルデナ？」

「うん、いいよ！　肉もとってくるし、ノクトも守る！」

◆

ベルデナが狩人兼護衛として働くことになったが、領民たちはそもそもベルデナがどこに住んでいるかすら知らない。

少なくとも巨人の頃と今のベルデナを紐《ひも》づけるのは難しいだろう。

身長だけでなく、身なりを整えることで印象も変わったからな。

そういうことで俺はベルデナの領地案内も兼ねて、領民たちに顔見せをすることにした。

屋敷から領地の中心地に向かうと、今日もガルムとククルアが畑作業をしていた。

「ノクト様、おはようございます！」

「おはよう」

ガルムとククルアは俺たちの足音に気付いたのか、振り返って挨拶をしてくれた。朝から挨拶を交わすと気持ちが前向きになっていいな。

「オリビアはどうしたんだい？」

周囲を見渡してみたが、彼女の姿だけが見えなかった。

ベルデナを紹介しにきたので、紹介するなら一度にしてしまいたいのだが。

「オリビアならグレッグに薬を渡して――ああ、ちょうど家から出てきましたね」

ガルムの視線の先を見てみると、そこにはにこやかに笑うオリビアと頭を痛そうに押さえるグレッグがいた。

「ノクト様、おはようございます」

「んん？　領主様ですか。おはようございます」

「おはよう。グレッグは二日酔いかい？」

「ええ、ちょっと久し振りにはしゃぎ過ぎたようです」

やはり二日酔いのようだ。グレッグが少し恥ずかしそうに笑う。

「にしても、オリビアは薬も作れるのかい？」

「ちょっとした風邪薬や傷薬といった軽いものしか作れませんが」

俺が期待を寄せるのがわかったのだろう、オリビアが少し慌てたように謙遜する。

「それでも十分だよ。よかったら材料をいくつか供給するから、空いた時間に作ってくれないかい？」

この世界では怪我は回復魔法やポーションといったもので治し、病気は薬やスキルで治すのが一般的だ。

治療系のスキルや回復魔法を使える者はかなり稀《まれ》なので、基本的に薬を頼ることになる。

メアのスキルと俺のスキルを組み合わせれば治療も可能かもしれないが、病気への対抗はできない。

領民たちの健康も考えて、薬の増産は是非とも取り組んでもらいたい問題だった。

「わかりました。ノクト様がそこまで言うのであれば」

「忙しい中、仕事を増やしてごめんよ」

「いいえ、ノクト様ほどではありませんから」

そう謝るとオリビアが苦笑した。

俺ってそんなに働いているだろうか？　農業や子育てをしているオリビアの方がよっぽど忙しいと思うが。

「それにしてもノクト様の隣にいるのはベルデナさんですよね？　随分と印象が変わりましたね」

「ベルデナ、小さくなったの？」

「そうだよ！　えへへ、ノクトがここで生活しやすいように小さくしてくれたんだ」

会話がひと段落してベルデナを紹介しようと思っていた矢先に、オリビアやククルアに看破されて驚く。

「あれ？　一発でベルデナだってわかるの？」

「この綺麗《きれい》な女の子がベルデナだって⁉」

俺が戸惑う隣で、グレッグが目を剝《む》いて驚愕《きょうがく》していた。

そうだよね。これが普通の反応だよね？　俺だけが鈍いんじゃないかと不安になるところだった。

「オレたち獣人は鼻が利くので匂いで判別できますよ。同じ匂いに髪色をしていれば、昨日のノクト様の逆で、スキルで小さくしてもらったのかなーって」

「なるほど」

確かにどれだけ大きさや見た目が変わろうとも匂いまでは変わらない。オリビアやククルアがすぐにベルデナだとわかったのも納得だった。

「いやいや、そうは言いましてもまさか他人の身長すら変えられるなんて。本当にノクト様のスキルは規格外ですね」

「まだあまりわかっていないことも多いし、条件もあるけどね」

なんてグレッグと話していると、いつの間に近くにやってきていたのかククルアが袖を引っ張った。

最初は人間ということで怖がられていたけど、最近じゃ随分と懐いてくれたものだ。

こうやって彼女から話しかけてくれることが嬉《うれ》しくて、思わず頬が緩んでしまう。

「どうしたんだい？」

「ねえ、ノクト様。私も大きくすることができる？　私、早く大人になりたいの！」

無邪気な瞳でそんな可愛《かわい》らしい頼みごとをしてくるククルア。

その気持ちは非常にわかる。大人たちが働いている中、自分は子供故に力になれなかったり、足手まといになってしまったり。そんな歯痒《はがゆ》い気持ちを俺も味わってきた。

ガルムやオリビアの力になりたいと思う、ククルアの気持ちもよくわかる。

「ククルアが一刻も早く皆の力になりたい気持ちはわかるけど、焦らなくていいんだよ。大人になったらできないこともたくさんあるんだから、今はゆっくりと色々なことを経験して学ぶといいさ」

「……うん、わかった」

何となく俺の言いたいことはわかってくれたのだろう。ククルアはちょっと残念そうにしながらも頷《うなず》いてくれた。

ククルアのような子供が焦らなくてすむような環境を作ってあげないとな。

ククルアと会話をして、俺は改めて決意するのであった。

二十三話　巨人族のパワー

ガルムやグレッグ以外にもベルデナを連れていくと、変わりように驚いたものの領民は慌てることなく受け入れてくれた。

俺としてももっと騒ぎになるのではないかと懸念していたが、意外にも領民たちは非常に落ち着いていた。

気になって尋ねてみると宴《うたげ》の時に俺が拡大で大きくなったので、その逆もできるとは思っていたらしい。

まあ、日頃から領民たちは俺のスキルを見ていることだし、領主様ならそういうこともできますよねーって感じだった。

領民たちの肝が据わっているというか、妙に器が大きいところを改めて実感したな。

そんな感じでベルデナの顔見せが終わって翌日。

「ノクト、肉を取りに行ってくる！」

ベルデナが早速とばかりに狩りに行こうとしたので、俺は慌てて引き留める。

「待って。不安だから俺とグレッグも付いていくよ」

「えー？　別に私一人で大丈夫だけど？」

「そうかもしれないけど、魔物や獣と戦うベルデナを一度も見たことがないしさ」

ベルデナが凄《すさ》まじい身体能力を持っていることは知っているが、それは人間相手の話だ。

魔物との戦闘経験があると言っているが、可能であればしっかりと戦えているかこの目で見たい。

「ふーん、ノクトは私が心配なんだ？」

そのことを必死になって説明すると、難色を示していたベルデナがちょっと嬉《うれ》しそうに言った。

「そうだよ。心配で仕方がないから一度だけ付いていかせてくれないかい？」

「しょうがないな。ノクトがそこまで言うなら付いてきていいよ」

「ありがとう」

なんだかんだ俺に構ってもらえることは嬉しいらしく、下手に出てみるとすんなりと許可してくれた。

ただこの手を使うとメアが何か言いたそうな顔をしているのが気になる。

ベルデナのことを甘やかしていると思われているのだろうか。

ベルデナなら心配ないとわかっているけど、彼女は俺が誘って領民にしたのだ。

領民になって二日や三日で怪我《けが》をしたりしたら申し訳がないから、しっかりと面倒を見てあげたい。

そういうわけで今だけは大目に見てもらえると助かる。

ベルデナと山に入ることを決めた俺は、準備をしてグレッグの家に向かった。

グレッグの家はローグやギレムの近くの家だ。

ローグたちの家からは今日も何かしらの物を作っているのか、金属の音が鳴り響いていた。

「グレッグ！　ノクトだ。ちょっといいかい？」

「あっ、はい！　ただいま！」

扉をノックすると、中からすぐにグレッグの返事がした。

昨日は二日酔いだと言っていたので少し心配だが大丈夫だろうか。

「おはようございます、ノクト様。今日はどうしました？」

不思議そうにこちらを見やるグレッグに、俺はベルデナの狩りに同行してもらいたい旨を説明する。

「わかりました。付いていきましょう。ベルデナの嬢ちゃんがどれだけ動けるか、同じ狩人《かりゅうど》の仲間として気になりますからね」

「助かるよ。ちなみにだけど、二日酔いの方は大丈夫だよね？　治りきっていないなら日を改めるけど」

昨日、グレッグは二日酔いになって苦しんでいる様子だった。

まだそれが残っているというのであれば、今日は諦めて別の日にするのがいい。

「大丈夫ですよ。オリビアから貰《もら》った薬のお陰ですっかり元気です」

「なら、よかった」

グレッグの顔色もいいし、声にも張りがある。

オリビアの薬はどうやらしっかり効いたようだった。これなら問題ないな。

「どうせならリュゼも連れていきますか？」

「いや、リュゼには薬草の採取を頼んでいるから大丈夫だよ」

昨日、ベルデナと顔合わせをした時に頼んでおいたのだ。オリビアが備蓄の薬を作れるように採ってきてもらいたいと。

恐らく、既に薬の材料になる素材を採りに山に入っていることだろう。

「わかりました。では、準備しますので少しお待ちください」

グレッグはそう言うと引っ込んで、速やかに狩りに出る準備を整えて出てきた。

「それじゃあ、行こうか」

「うん！」

グレッグの準備が整うと、俺たちは山に向かって歩き出すのであった。

◆

領地の北側にある山道を歩いていると、グレッグがふと尋ねた。

「ところで、ベルデナの嬢ちゃんは武器はどうするんだ？」

ベルデナを見ると、最低限の防具をつけているだけで装備品らしいものは何もつけていない。

「拳だよ！」

「拳でって……ガントレットもつけてないみたいだが大丈夫なのか？」

「うん！　へっちゃら！」

グレッグが心配するが、ベルデナは特に気にした風もない。

「もしかして、戦う時は元の大きさに戻ることを想定してる？」

元の大きさであればそのままであろうとパワーで押し切ることができるだろう。

その前提ならば納得できる。

「え？　嫌だよ。せっかく皆と同じ大きさになれたのに！」

しかし、ベルデナは元の大きさに戻ることを前提としていないようだ。

「別に元の大きさになったからって言って、また小さくなれないわけじゃないからね？」

「それでも嫌なの！　私は皆と同じ今のままで戦いたい！」

巨体だったが故に皆と同じ生活ができなかったベルデナは、どうやらあまり巨人の姿に戻りたくないようだ。

それも無理はない。まだこの姿になって二日程度なのだ。人間サイズに戻れるとわかっていても、彼女がこの姿に拘《こだわ》るのも仕方がないことだろう。

「わかった。ベルデナがそう言うなら、このまま行こう」

「ノクト様がそう言うのなら……」

「ありがとうノクト！」

まあ、人間サイズでもあの身体能力を誇っていたベルデナだ。

たとえ、魔物が現れたとしても簡単にやられることはないだろう。何かあっても俺とグレッグが手を貸してあげればいい。

「あっ！　早速、敵がきたみたい！」

「本当？」

ベルデナが緊張感のない元気な声を上げるお陰で、緊張感がまったく感じられない。

というか、俺とグレッグはまだ気配を捉えることすらできていなかった。

それでもベルデナが視線を向けている方向に意識を向けると、微《かす》かな足音や気配が感じられた。

「……リュゼ並の感知能力ですね」

つまり、ベルデナは知覚に優れているエルフ並の感覚を持っているということになる。

山で生活していたからこそ、鍛えられた能力なのかもしれない。

頼もしく思いながら敵がやってくる方向を注視していると、やがて木々の間から二つの影が見えた。

輝く白銀のような毛を持つ狼《おおかみ》。真っ赤な赤い瞳は敵意を剥《む》き出《だ》しにしており、獰猛《どうもう》な唸《うな》り声《ごえ》を上げながらこちらに直進していた。

「シルバームーンか！」

山に生息する中でも危険度の高い魔物だ。

高い機動力で接近され、噛《か》みつかれでもしたらひとたまりもない。

もう少し弱い獣やゴブリンなどで様子見したいところであるが、想像以上に厄介な魔物が出てきた。

俺とグレッグは剣を構えて応戦しようとする。

しかし、ベルデナはシルバームーン二体を目にしても怯《ひる》むことなく、まるで自分の庭を散歩するかのような足取りで前に出た。

「見ててね、ノクト！　私が強いってところ見せてあげるから！」

「ベルデナ、こっちより前を！」

呑気《のんき》に後ろを向いているベルデナに一体のシルバームーンが飛びかかった。

しかし、ベルデナが即座に振り返って拳を振り下ろした。

ベルデナの拳はシルバームーンの背中を見事に捉え、そのまま地面に叩《たた》きつける。

その衝撃で地面は深く陥没し、もろにパワーを受けたシルバームーンは血を吐いてペシャンコになっていた。

「……な、なんてパワーだ」

「小さくなっても巨人族の力は健在ってことですかね？」

砂煙と木の葉が舞い上がる中、俺とグレッグはただただベルデナの生み出したパワーに圧倒されていた。

縮小をかけたというのにベルデナの力は健在なのか。

「うーん？　小さくなったせいか思ったより力が出ないや」

違った。どうやら縮小をかけた影響で力も弱まっているらしい。

それでもあの速度と力を発揮できるとは、巨人族のスペックはどれほどなのか。考えるだけで恐ろしい。

「キャインッ！」

「あっ！　ちょっと逃げないでよ！」

仲間が凄まじいパワーで瞬殺されたからか、もう一体のシルバームーンが甲高い声を上げて一目散に逃げる。

しかし、ベルデナは逃走を許さず、シルバームーンを上回る速さで追いかけて一撃をお見舞いした。

ベルデナはクレーターの中に沈んだシルバームーンを拾い上げると、誇らしげな表情でこちらにやってくる。

「どう？　ノクト？　私、このくらいの魔物なら余裕だよ！」

まるで収穫した畑の食材を見せにくるような無邪気さだ。

ベルデナにとってはこの程度の魔物は、作物を収穫するのと同じような作業感覚らしい。

俺たちが心配するのが逆に失礼なくらいの実力だ。間違いなくベルデナは今の領地のトップ戦力。

「想像以上で驚いたよ。今後、よかったら魔物退治もお願いしてもいいかい？」

これだけ突出した戦闘力なら山の狩りは勿論《もちろん》、大森林の魔物の間引きをお願いすることもできる。

たとえ、実力があろうと深くまで行かせる気はないが、調査をしてほしい気持ちもあるのだ。

「うん、いいよ！　私に任せて！　ノクトと領地の安全は私が守るから！」

おずおずと尋ねた俺の言葉にベルデナは快く頷《うなず》いてくれた。

これが終わったら、ローグかギレムに人間サイズのガントレットでも頼んだ方がいいかもしれないな。

やっぱり、素手で魔物を潰してしまうと手が汚れてしまうから。

なんて考えていると、ベルデナの腹部からぎゅるるるると音がした。

「ノクト、お腹《なか》空いちゃった！」

「もう？」

「なんかこの身体《からだ》、動いたらすぐにお腹が空くんだよねー」

どうやら巨人族の内包されたパワーを使うとエネルギー消費が激しいのかお腹が空いてしまうらしい。

なんとも可愛《かわい》らしいこととクスリと笑ってしまう。

「わかった。もう少し狩りをしたら早いけど昼食にしよう」

「本当!?　じゃあ、もうちょっと頑張る！」

二十四話　ベルデナの住み家

「ねえ、ノクト。ちょっと私の住んでたところに寄ってもいい？」

狩りを終えてメアのお弁当を食べていると、一足先に食べ終わったベルデナが尋ねてきた。

「いいよ。何か取りに戻りたいものがあるんだね？」

ベルデナは領地にやってきて、その日に領民となることを選んでくれた。

ベルデナにとってここで暮らすことは想定外。住み家に置いてきた大事な物があるのだろう。

「ないよ」

ベルデナの予想外の言葉に聞いていた俺とグレッグはずっこけそうになった。

「あれ？　じゃあ、なんで？」

「私の住んでいたところに美味《おい》しい木の実があるんだ！　それを食べたい！」

「美味しい木の実？　どんなの？」

「木に紫の丸い実がたくさんついててとっても甘いんだよ！」

ベルデナが嬉《うれ》しそうに言っていることから、その木の実とやらはとても甘くて美味しいのだろう。

しかし、俺の知識の中にそのような木の実はなかった。

「グレッグは思い当たるものがあるかい？」

「……うーん、ありませんね。この山にしか生えていないものかもしれません」

幅広い知識を持つ冒険者のグレッグも知らないらしい。

となると、一般的に流通しているものではなく、グレッグの言う通りそこでしか採れない木の実なのかもしれない。

「わかった。ひとまず、行ってみようか。案内してくれるかい？」

「うん、いいよ！」

甘い木の実が採れれば領民も喜ぶだろうし、今後の特産品として売り出すことができるかもしれない。十分見に行ってみる価値はあるな。

メアのお弁当を食べ終わった俺たちはベルデナに付いて、山を登っていくことにした。

しかし、歩けど歩けどベルデナの住み家にたどり着く様子はない。

斜面もどんどんと急になっており、平らな道など皆無なので体力的にもキツい。

「ま、まだ着かないんですかね？」

「そろそろ着いてほしいところだね」

俺とグレッグは額に汗を垂らしながら、木の根を乗り越えて進む。

俺たちの視線の先にいるベルデナは、悪路を気にした風もなく軽快な足取りで進んでいた。

「ベルデナ、あとどれくらいで着きそう？」

「もうちょっとだと思うけど、具体的な時間は歩幅が小さくなったからよくわかんないや」

思わず尋ねてみると、ベルデナが苦笑しながら答えた。

あー、そうだよな。ベルデナの距離感覚は基本的に巨人サイズの時のものだ。人間サイズになってしまった今ではそれらの感覚はアテにならないしな。

とはいえ、ベルデナもうちょっとだと言っている。今はそれを信じてベルデナにひたすら付いていくしかないだろう。

「辛《つら》いなら私が背負ってあげようか？」

ベルデナの提案は非常に魅力的なものであるが、それはなんか男としてダメな気がする。

俺にも一応プライドというものがあるのだ。

「いや、大丈夫だよ。このままのペースで進もう」

「わかった！」

疲労を見せずに遠慮すると、ベルデナは素直に受け取って前に進み出す。

「ノクト様、明日は筋肉痛確定ですね」

「そうだな」

ベルデナの後ろを付いて歩くグレッグと俺は、苦笑いしながら明日の筋肉痛の覚悟をするのであった。

◆

「着いた！　ここが私の住んでたところだよ！」

長い斜面の先にたどり着いたのは、頂上付近にある洞窟であった。

巨大な岩を掘削したかのような大きな洞窟は、巨人サイズのベルデナが容易に出入りできるほどの大きさだった。

「この山の頂上にこんな大きな洞窟があったなんて知らなかったな」

「うん、私もこんなに大きいとは思わなかったよ」

「いや、嬢ちゃんはここに住んでいたんだろう？」

ポカンと口を開きながら見上げるベルデナにグレッグが突っ込んだ。

「そうだけど、人間の大きさになってみると大きいなーって」

「ああ、そういうことか」

普段は当たり前のように生活していた場所でも、小さくなればまた違った風に見えるものだ。

縮小して小さくなるともっと巨大に見えるのだろうな。

「別に大したものはないけど、気になるなら入ってみる？」

しげしげと眺めていたからだろうか、ベルデナがそんなことを聞いてきた。

「え？　俺たちも入っていいの？」

「なんでダメなの？　別にいいよ？」

一応、女性の家なので待機していようと考えたが、ベルデナは特に気にしていないようだ。

不思議そうに小首を傾《かし》げられた。

「じゃあ、お邪魔するね」

純粋に洞窟がどのように広がっていて、巨人族であったベルデナがどういう生活をしていたかも気になる。

　女性の生活を覗《のぞ》き見《み》するようで気が引けるが、ベルデナがいいと言っているのでありがたく拝見することにした。

「この洞窟はたくさん部屋があるんだ。私一人じゃ使いきれないくらい」

　ベルデナが案内してくれた洞窟の奥にはいくつもの空間が存在しており、ベルデナはその空間を自由に使っていたようだ。

　基本的なイスやテーブルのようなものは岩や鉱石を使っているようだ。

　中央では薪が燃え尽きて灰になっていて、生活感があふれている。

「ベルデナはずっとここで一人生活していたんだ」

「……一応、昔は両親もいたんだと思う」

「そうなの？」

「私より大きな人がいて、見上げていた記憶がちょっとだけあるんだ。でも、気付いた時にはいなくなってたし、昔のことだからほとんど覚えてないや」

　昔の光景を懐かしむように見上げながら言うベルデナ。

　両親に捨てられたのか、それともベルデナから離れざるを得ない状況があったのか。それはわからない。

　ただ後者であってほしいとは思う。

「でも、いいんだ。今の私にはノクトや皆がいるし毎日が楽しいから！」

屈託のない笑顔で言うベルデナ。

その表情は紛れもない純粋なもので、ベルデナが無理をしていないことや嘘《うそ》を言ってないことはわかった。

「ありがとう、ベルデナ」

「なんだか聞いているこっちまで照れてきますね」

まったくだ。ベルデナは言いたいことはハッキリとストレートに言うので、こちらからすればちょっと照れくさいな。

「ん？　あそこの奥にあるのは？」

照れくさくなって視線を彷徨《さまよ》わせると、奥の空間でこんもりとした山が見えた。

チラリと魔物の牙や爪らしいものが見えた気がする。

「ああ、魔物の牙とか爪とか気に入ったものを置いてた玩具部屋だよ。そういえば、人間の生活ではああいうのを素材に使うんだよね？　なんか使えそうなら持って帰る？」

「ちょっと見せてもらうよ」

ベルデナはなんてことないように言ったが、もしかすると貴重な素材宝物庫かもしれない。

「うわっ、すごい。当たり前のように稀少《きしょう》なゴールドムーンの毛皮やレッドベアーの毛皮もある」

ホワイトムーンより稀少な黄金の体毛、炎を纏う狂暴なレッドベアーの毛皮。

どちらも並の冒険者では到底討伐することのできない魔物の素材だ。

「ノクト様、見てください。これ、多分竜種の骨ですよ」

「うん、なんか空から攻撃してきたから倒した！　大きかったけど、お肉は全然美味しくなかった」

当たり前のように竜種すら倒してしまっているベルデナ。

もう、この子がいれば大森林の魔物も余裕なんじゃないだろうか。そんな慢心を抱いてしまいそうになるな。

俺たちはいくつかの貴重な素材を選定すると、縮小をかけて持って帰ることにした。

二十五話　ナデル

「これがベルデナの言っていた木の実か」

洞窟から出てすぐ傍《そば》にある平地には、ベルデナの言っていた通りの木の実が生《な》っていた。

少し背の低い木の枝にブドウの粒のような丸い紫の実がたくさん付いている。

そのような木々が一面に並んでいた。

「これこれ！　これが食べたかったんだよね！」

ベルデナはご機嫌な様子で木に近付くと、粒をむしって口の中に入れた。

「うーん！　甘くて美味《おい》しい！　いつもは小さくて物足りなかったけど、今なら存分に味わえるよ！」

恍惚《こうこつ》の表情を浮かべながら、二つ目、三つ目と口に運んでいくベルデナ。

相当好きなようで食べるペースが早い。

「では、俺たちも食べてみますか」

「そうだね」

ベルデナが美味しそうに食べている姿をみると、こちらも食べたくなってしまった。

未知の食べ物ではあるがベルデナが長年食べ続けていることや、今も平気で食べている様子から毒ではないだろう。

グレッグと俺は生っている粒を直接手で取り、拭ってから口の中に放り込む。

「「甘いっ！」」

俺とグレッグの口から同じ感想が漏れた。

最初に感じたのは強い甘味だった。

皮の中には柔らかい果肉が詰まっており、噛《か》むとフルーティーな甘みが広がるのだ。

味はブドウに似ているが、こちらの方が断然深い味をしている。

「こいつは中々いけますね！」

「ああ、そのまま食べてもいけるし、ジャムやワインなんかもできそうだ」

見た目や味もブドウに似ているので、同じように加工ができるだろう。

他では食べられない味だし、上手《うま》く加工できれば特産品になりそうだな。

種も入っているみたいだから、これを持ち帰って俺とメアのスキルで育てられないか試してみよう。

「なになに？　これを使った他の料理もできるの？」

「まだ、わからないけど、できる可能性は高いと思うよ」

「それは楽しみだね！　メアに作ってもらいたいな」

などと呑気《のんき》に言っているベルデナの傍の木では、実が食い尽くされていて普通の木と同じようになっていた。

「って、ベルデナ！　そんなに食べたらなくなっちゃうよ⁉」

まだまだたくさん木々があるとはいえ、今のペースで食べてしまえばあっという間に枯渇する。

スキルで育てられなかった場合を考えて、サンプルはきちんと残しておきたい。

「ああ、大丈夫！　これ、またすぐに生えてくるから！」

「……そうなの？」

「うん！」

ベルデナはそう言うと、また新しい木に生っている実を食べる。

まあ、ここにずっと住んでいたベルデナが言うのであれば間違いないだろう。

巨人だった頃も同様に食べていたことから、かなり生長スピードが早いらしい。

これは嬉《うれ》しい情報だ。仮にスキルによる栽培ができなくても、これなら繰り返して収穫が期待できそうだ。

「にしても、これだけ美味しい木の実があるってのに動物や魔物が寄り付いている形跡がないですね」

「そうだね」

野菜や果物なんかを育てていると、それを狙って動物がやってくるもの。

人里ならともかく、動物たちの多く生息する山の頂上だというのに、それらしい形跡はほとんどなかった。

「ここは私の縄張りだしね！　動物とか魔物とかきたら追い払ってたから！」

誇らしげに胸を張って答えるベルデナ。

それもそうか。ここにはドラゴンすら倒してしまう巨人がいたのだ。

いくら美味しい木の実があろうとも、そんな相手がいれば魔物たちだって命が惜しいだろうな。

「とりあえず、領民たちの分も採っておこうか」

「そうですね。俺たちだけいい思いをすれば、他の奴等《やつら》が文句を言いますから」

たとえ、全員の分を持ってかえることができなくても、俺が拡大をすれば十分な量になる。

とはいえ、大きくし過ぎても切り分けるのが大変なので、ある程度の数は欲しいところだ。

これならメアもきっと喜んでくれるだろうな。

最近はベルデナに構い過ぎているせいか、ちょっと不満げな様子だったし。

「そういや、ノクト様。この木の実の名前はどうします？」

「そうだね。決めておいた方がよさそうだね」

呼称もなしにいちいち木の実と呼ぶのも変だし紛らわしい。何か名前をつけてあげた方がいいだろう。

しかし、これは俺が最初に見つけたものではなく、ベルデナが見つけたもの。俺が名前をつけるよりベルデナが付けるべきだろう。

「……ベルデナが決めていいよ」

「ええっ、私⁉」

「だって、この木の実はベルデナが最初に見つけて、ずっと世話していたじゃないか。ベルデナが名付けるのが一番いいよ」

「そんなこと急に言われても困るよ。な、なんて名前にしたらいいんだろう？」

恥ずかしがりつつも意外とノリノリだ。どんな名前を付けようか考えてくれているらしい。

「こういうのは第一発見者の名前が付きやすいって聞くな。もう、そのままベルデナとかどうだ？」

「私の名前なのか木の実なのかわからなくなるじゃん！　それになんか恥ずかしいからヤダ！」

確かに自分の名前が連呼されれば気になるし、自分で自分を呼んでいるみたいで微妙な気持ちになるな。

じゃあ、どのような名前がいいのだろうな？　少なくとも長い名前じゃない覚えやすいものがいいな。

「……ナデルとかどう？」

なんて考えていると、ベルデナがモジモジしながら小さめの声で言う。

その名前がベルデナから来ているとすぐにわかるものだった。でも、だからこそ覚えやすい。

「いいと思うぜ？」

「うん、俺もそう思う。じゃあ、この木の実はナデルってことで！」

「うん！」

こうしてこの木の実はナデルと名付けられることになった。

◆

「それじゃあ、グレッグ。ナデルを皆に配っておいてね」

「わかりました！　任せてください！」

山から領地に戻ってきた俺は、拡大させたナデルをグレッグに渡した。

これで領民もナデルを食べることができるだろう。

ナデルの分配をグレッグに任せた俺とベルデナは屋敷《やしき》へと戻る。

「お帰りなさいませ、ベルデナさん、ノクト様」

「うん、やっぱりこっちの方がいいね！　家っぽいし、メアもいるし！」

「はい？」

屋敷に戻ってくるなりベルデナが満足げに言い、訳を知らないメアは小首を傾《かし》げた。

洞窟に帰っても一人だろうけど、ここには俺やメアがいるからな。

ベルデナがそう言うのもわかる気がした。

「ノクト様、ベルデナさんの実力はどうでした？」

「シルバームーン二体をあっという間に討伐しちゃったよ。もう、俺たちが心配するのもバカらしいほどだった」

「まあ、それほどの実力が……」

シルバームーンのことや住み家にあった数々の魔物の素材の話をすると、メアはかなり驚いていた。

無理もない、巨人族がそこまでの実力を持っているなんて知らなかったしな。

「あっ、これはお土産。ナデルっていう美味しい木の実なんだ」

「見た事のない木の実ですけど甘い香りがしますね。食後のデザートにでも食べましょうか」

「わーい！　メアが料理してくれるの楽しみー！」

「……ちょっと待ってください、ベルデナさん」

メアの隣を通り過ぎてはしゃぐベルデナを引き留める。

メアはベルデナに近付くと、スンスンと鼻を鳴らして、

「ベルデナさん、お風呂に入りましょう」

「ええ、もう？」

「もうっていうことは、前に入った時から一度も入っていませんね？　ダメですよ、女の子なんですから身嗜《みだしな》みには気を遣わないと」

今日は山を登ってたくさん汗をかいてしまった。

ベルデナで汗の匂いを感じるなら俺も同様かもしれない。

『ノクト様、汗臭いです。お風呂に入ってください』

……なんて風にメアに言われたらショックを受ける自信がある。

「よし、それじゃあ夕食の前にお風呂にしよう！」

俺はメアに言われることは避けたかったために自分から提案することにした。

「えー、早くご飯食べたいのにー……えっ⁉　嘘《うそ》っ⁉　やっぱ、今すぐ入る！」

食欲が勝っていたベルデナは不満そうにしていたが、メアが何かを耳打ちすると途端に素直にな

った。

ははん、さてはメアに脅されたんだな。我が家の食卓は基本的にメアが預かっているからな。美味しい料理を食べたければ素直に従うしかないのである。

そんなこんなで夕食前にお風呂に入ることが決まったので俺は桶《おけ》を二つ用意することにした。

そこにお湯を入れて拡大すれば、立派な人の入れる桶風呂の完成だ。

屋敷にある広い浴場にお湯を入れて拡大しまくるのもいいが、スキルの負担が大きいし、後々の掃除も面倒だからな。

この桶風呂であればどこでも入れるし、縮小をかけて残り湯を捨て、小さな桶を洗うだけで済む。非常に楽なのだ。

「ベルデナ、お風呂の用意ができたぞ！」

「わかった！　今行く！」

「いや、ちょっと待って！　俺が風呂場から出てから――」

などと声を上げるも、ベルデナは聞く耳を持たず裸になって入ってくる。

ベルデナの大きな胸が揺れ、丸みを帯びた美しいシルエットが見えた。

俺も男故に視線を奪われるが、山育ちで常識といったものが欠如していた彼女の裸を見るのは何となく卑怯《ひきょう》な気がして視線を逸《そ》らした。

「じゃあ、俺は出ていくから！」

「ええ？　ノクトも一緒に入ろうよ？」

じゃあ、一緒に入ろうか！　なんて言えたらどれだけ幸せなことだろうか。

「……ベルデナ、女の子は慎みを持たないとダメなんだよ？」

「慎み？」

「まあ、詳しいことはメアに聞いてね！　それじゃ！」

ベルデナがきょとんとしている隙をついて、俺は浴場から脱出した。

ベルデナは山での生活が長かったせいか、男女の倫理観について疎いというか無防備だな。

早めにメアに教えておくように言わないと。

なんて考えながら着替えやタオルを用意した俺は中庭に移動する。

「今日はここでお風呂に入るか。星を眺めながら露天風呂気分っていうのも悪くない」

今の季節は春だ。夜になると少し肌寒く感じる程度なので問題ない。

桶を拡大して桶風呂にすると、俺は軽くかけ湯をしてお湯に入る。

「はぁー、気持ちいい」

温かいお湯に全身が包まれる。山登りで疲弊した筋肉がほぐされていくようだった。

気分は旅館の檜風呂《ひのきぶろ》にでも入っているかのよう。それか目玉の妖怪か。

桶の縁に頭を乗せると、すっかりと暗くなった空が見える。

そこにはたくさんの煌《きら》めく星々があった。

前世と違って今の住んでいる場所は田舎だし電力もないので、驚くほどに星が見えるのだ。

「……明日も頑張ろう」

綺麗《きれい》な星空を見上げながら、ゆっくりと疲れた身体《からだ》を癒《いや》すのであった。

二十六話　徴税官

「ノクト、ここに置いてある肉を大きくしてほしい」

領地にある畑に向かって歩いているとリュゼが頼んできた。

テーブルの上には解体されたシカの肉らしきものが並べられていた。

また山で仕留めてくれたのだろう。

「わかったよ、拡大」

解体された肉にスキルを発動して、テーブルに載るギリギリまで大きくする。

「助かる。これで今日もお肉を食べられる」

「お肉もいいけど、ちゃんと野菜も食べてね」

「……善処する」

エルフ族は森や山で暮らしているからか山菜や野菜、木の実を好む者が多いがリュゼは肉が大好きだ。そういうところもちょっと変わっているな。

「あっ、それとオリビアがノクトを探していた。干し肉を作ったから、拡大して保存食の数を増やしたいって」

「おお、それは助かるな。ありがとう、今から向かうよ」

リュゼの言葉を聞いて、俺は畑からオリビアの家の方に進路を変更して歩く。

「あっ、ノクト様！」

「リュゼから話は聞いたよ。干し肉を拡大すればいいんだね？」

「はい、お忙しいのにすいません……」

「気にしなくていいよ。保存食ができれば領民の皆が喜ぶから」

それに最初の三ヵ月は俺のスキルによる食料補給をする約束だ。

ちょっとスキルを使うくらい何てことはない。

「では、いつも通りの大きさでお願いします」

オリビアがまな板をテーブルの上に載せて、それを拡大。

テーブルと同じくらいの大きさになったまな板の上で持ってきてくれた干し肉を次々と拡大していく。

手の平サイズの小さな干し肉がドンドンと大きくなって折り重なっていく。

まるで肉の座布団ができていくようだ。

「ありがとうございます。領民の皆さまにお配りしてきますね」

「いつもありがとうね」

本来であればこういった事は領主である俺やメアがやるべきだろう。

しかし、オリビアをはじめとする領民は率先して、こういう作業をやってくれている。

それは人手が圧倒的に足りない状況ではかなり有難《ありがた》かった。

「いえいえ、これくらいメアさんやノクト様に比べれば大したものではありませんよ」

礼を言うと、オリビアがはにかむように笑った。

グレッグやリュゼ、ベルデナが山に入り、獣の肉や魔物の素材を持ち帰れるようになって領地の生活レベルが上がった。

俺のスキルもあってか、今では毎日のように肉を食べることも可能だ。

ローグとギレムにガントレットを作ってもらったベルデナは、山だけでなく大森林にも潜り込み、凶暴な獣や魔物の駆除も行ってくれていた。

現状は浅いところまでしか行っていないらしいが、領地を襲撃したオークの集団は見つかっていないとのこと。

恐らくオークは大森林の奥に生息をしているか、他のところに流れていったか。

楽観的に考えることは危険なので襲撃に備えて態勢を整えてはいるが、ここ数日で領地の安全性が飛躍的に高まったのは事実だ。

ベルデナの持ち帰ってくれたナデルも俺とメアのスキルで栽培に成功している。

今では収穫したナデルでジャムを作ったり、ワインの製造に取り掛かっていたりもする。

俺とメアのスキルで作物はすぐに育つし、住み家や食料の保証もされているので領民たちの表情は非常に明るいものだ。

そんな状況をどこからか聞きつけたのか、最近はラエルの紹介以外でも人材がやってくるようになった。

人が集まれば物も集まり、より発展する。

それはとても素晴らしいことなので、基本的に俺は受け入れることにしている。

今のビッグスモール領は荒れ果てた領地から小さな領地と言っても問題ないくらいに再興され、活気が出てきていた。

とはいえ、それらは俺のスキルを使うことによって成り立っている部分が多い。

俺一人のスキルを頼った領地経営は将来的に危険だ。

生活は順調ではあるがまだまだ課題はたくさんある。今後、それをどれ程改善していけるかが豊かな生活に繋《つな》がっていくだろうな。

◆

オリビアのところで拡大を済ませると、俺は当初の予定通り畑にやってきていた。

しかし、それは領民たちの畑ではなく、俺とメアが試験的に運用している畑だ。

「こちらのオレの実は、成熟してからノクト様が三回縮小をかけて育てたものです」

「普通に育てたものと味が違うのか……確かめてみようか」

今回の実験は普通に栽培したものと、縮小を何度もかけて育てたものと味に差異があるのかの検証だ。

何故《なぜ》、こんな何倍も時間がかかるような無駄なことをしているのかというと理由がある。

作物の中には温度の変化、状態の変化で生長をするものがある。

木の実を取られたり、葉物野菜のように外側の葉を取られると、作物自体が自ら生長を促し始めるのだ。

それと同じような原理を利用し、成熟したオレの実に縮小をかけてみた。そうすることで、オレの実はまだ実が生長しきっていないと錯覚して栄養を与え続ける。

それを利用すれば、通常のオレの実よりも栄養や旨味《うまみ》が強いものが栽培できるのではないかと思ったのだ。

もし、これが成功し、他の作物にも運用できるようであれば領地の強みとなるはずだ。

ビッグスモール領で栽培した作物は、他の領地のものよりも格段に美味《うま》い。なんてことになれば、噂《うわさ》を聞きつけた商人が買い付けにくることもあり得るし、美味《おい》しい食材が食卓に並んで領民たちも喜んでくれるだろう。

俺のスキルに頼った施策ではあるが、やってみる価値はあると思った。

そして、それを確かめるべくメアがオレの実をカットしてくれる。

「こちらが普通に育てたものです」

「わかった」

まずは普通のオレの実を口に運んでくる。

皮は食べられるけどあまり美味しくないので果肉だけを食べてみる。

粒のような果肉が弾《はじ》けて柔らかい甘味が広がった。

「うん、普通にオレの実だね」

「そうですね」

前世の食料でたとえるなら味の薄いマンゴーみたいな感じだ。いい風味をしているけど、甘みが少し足りない。

「こちらが縮小をかけて育てたオレの実です」

次にメアは縮小をかけて育てたものを差し出してくれた。

先ほど食べたオレの実と見た目に違いはない。だけど、若干こちらの方が香りが強い気がする。

いや、それは先程食べたオレの実が口の中に残っているからだろうか？　ちょっと判断しにくい。

育てあげるのにかかった時間が違うから自分の目論見《もくろみ》通りにいってほしいものだな。

少し緊張しながらも俺とメアは同じタイミングで食べてみた。

「美味しい！」

「甘いです！」

俺とメアは瞬時に叫んでいた。

食べてみてすぐにわかった。内包されている果肉の甘みや風味が全然違う。

まさに前世で食べたマンゴーのようなフルーティーな風味と上品な甘みがオレの実に備わっていた。もはや物足りないなどとは感じない。

「普通に育てたものとは段違いだ！」

「ノクト様の考えていた通りになりましたね！」

「思い付きでやってみたけど上手《うま》くいってよかったよ」

通常の栽培より手間も時間もかかっているので上手くいってくれて本当によかった。成功した喜びと安心が五分五分の気持ちだ。

「これなら他の作物でも同じような結果が得られるかもしれませんね」

「そうだね。ゆっくりと他の作物でも試してみよう」

ひとまず、このオレの実はビッグスモール領の新しい特産品になりそうだな。

今度、ラエルがやってきたら売ってくれるか相談してみよう。

「ノクト様ー！　お客人がきていますー！」

などと考えていると、後方からガルムの声がした。

振り向いてみるとガルムの隣には馬に乗っている鋭い目つきの女性がいる。

王国の紋章のついた帽子にカッチリとした制服を纏《まと》っている姿を見て、俺はその者がどのような人物なのか理解した。

「ノクト様、あちらの方は？」

「……徴税官だね」

二十七話　今は時間を欲する

「徴税官ですか⁉」

「あの制服を身に纏《まと》っているんだ。間違いないよ」

父が領主をしていた頃も、あのような軍服を思わせる衣服を纏った人が出入りしていた。

その人が来ると、決まって父や兄は苦い顔をしていたものだ。

「しかし、徴税官がどうしてここに？」

「多分、領地が襲撃されて領民が逃げたのを噂《うわさ》で聞いたんだろうね。徴税官はきちんと税が取り立てられるかを把握しないといけないから」

「な、なるほど……」

領主は領地で得た収益、あるいは作物の何割かを国に納める必要がある。

徴税官は納められるものが領地の収益に見合っているものか見極めたりするのが主な仕事だ。

しかし、いくら貴族が治める領地といえど、天候による災害や不作、魔物の襲撃による被害は抗《あらが》いようがない場合もある。

作物が全滅したというのにいつも通りの税を納めろというのも無理な話だ。

そういう時は今回のように徴税官を派遣し、領地の様子を確かめて税を減らしたり、免除したり、別のものを納めさせたりと判断するのである。

つまり、この徴税官の判断次第で今年の納税が楽になるか厳しくなるか変わってしまうのだ。

幸いにして今の領地は俺のスキルによって復興しているが、それが砂上の楼閣なのには間違いない。

領民の生活のためにもこの徴税官には慈悲を頂きたいものだ。

「案内ご苦労様です。戻っていいですよ」

「はい、はい。それでは失礼いたします」

徴税官の言葉に同意するように俺も頷《うなず》くと、ガルムは丁寧に頭を下げて戻っていく。

徴税官は軽やかな動作で馬から降りると、俺の目の前に立った。

鮮やかなピンク色の髪を後ろで編み込んでおり、瞳は深い知性を表すような青い色をしている。

が、その瞳は酷《ひど》く険しく睨《にら》みつけられているように思える。

「あなたが新しく領主になったノクト＝ビッグスモール殿ですね？」

「はい、その通りです」

「私は王国徴税官のレベッカ＝アンセルムです。本日はビッグスモール領についてお話を聞きにきましたが……」

レベッカと名乗る徴税官は、そこで言葉を切るとメアへと視線を向けた。

「傍《そば》にいるのは私の大切な家臣です。話に同席させて頂けますと幸いです」

「ただのメイドですよね？」

メアを見下すような言い方に少しムッとしてしまうが、徴税官を相手に喧嘩《けんか》を売るようなことはマズい。

それに通常時はこういう込み入った話になると使用人を下がらせることが多いのだ。レベッカがそう言ってしまうのも無理もないことだった。

「既に領地の噂はご存知だと思いますが、現状では彼女しか家臣がいませんので……」

「そうでしたか。ならいいでしょう」

これに頷くということは領民が逃げ出したこともバッチリ把握しているようだな。

「この領地が魔物に襲撃されたというのは噂で聞きましたが所詮は噂です。ノクト殿の口から詳しい経緯をお聞きしてもよろしいでしょうか？」

「ええ、勿論《もちろん》です」

噂を聞いているっぽいので面倒な説明を省けないかなーと思っていたが、やはりそうはいかないよな。きちんと本人から聞いた情報でないと、彼女も上司や国に報告ができないのだろう。

メモとペンを片手にこちらの目を真《ま》っ直《す》ぐに見据えてくるレベッカに俺は領地を引き継ぐことになった経緯や、領民に逃げられてしまったこと。そして、一から立て直しを図っていることを大まかに説明した。

とはいえ、ご丁寧に【拡大&縮小】スキルのことを話したり、それを頼りに施策を行っていることは馬鹿正直に話したりしない。

スキルというのは、その人の強みなのだから。

「そうですか。ラザフォード殿やウィスハルト殿は亡くなられたのですね。辛《つら》いことを聞き出してしまい申し訳ありません」

「……いいえ、これも徴税官様のお仕事ですから仕方がありませんよ」

真摯に頭を下げてくるレベッカに少し驚いた。

徴税官というのは数字ばかり気にしているので、そういう気遣いはしない人が多いと思っていたからである。

どうやらこれは俺の偏見だったらしい。

「……しかし、話をお聞きしていくつか不可解な点があります」

「なんでしょう？」

柔らかく尋ねると、レベッカはビシッと大森林側にそびえ立っている防壁を指さした。

「……なんですか？　あそこに並んでいる巨大な防壁は？」

「大森林の脅威に備えて頑張って建造しました」

「ふざけないでください！　あんな王都の城壁に匹敵するようなものが一ヵ月あまりで出来上がるわけがないでしょう⁉」

「人は自らの命に危機が迫れば頑張れるものなのです」

「はぁっ⁉」

俺の言葉を聞いて、レベッカが何言ってんだコイツみたいな表情をしている。

俺だって同じ気持ちであるが、馬鹿正直にスキルの力で作りました。などと言えば、面倒なことに巻き込まれるであろう。

俺が適当に誤魔化そうとしたのがわかっているのか、レベッカは考え込んだ末に問いかけてくる。

「……もしかして、特別なスキルを手に入れたのですか？」

「ご想像にお任せします」

経緯を説明する上で王都にスキルを授かりに行ったと説明してしまったのだ。

少し考えればわかることであった。

自分のスキルの万能さはよくわかっている。

この力があれば、王国の抱えている問題のいくつかが簡単に解決してしまうだろう。

しかし、俺にとって大事なのは父や兄が守ってきたビッグスモール領を発展させることだ。

特別なスキルを持っているからといって、王都に連れていかれるわけにはいかない。

「徴税官の私に黙っておくつもりですか？」

「別に私は脱税をしたり、税を誤魔化しているわけではありませんし」

いくら徴税官が相手でもスキルを開示する義務はない。

徴税官には税のことだけを考えてほしい。

まあ、脱税はしなくても節税はさせてもらうんだけどね。

しばらく黙っているとレベッカは何も聞きだせないと悟ったのか切り替えるようにため息を吐《つ》いた。

「……いいでしょう。ひとまずこの話については置いておいて、今年納めていただく税の話をしましょう」

「そうですね。今年は魔物による被害で父や兄も亡くなり、多くの田畑や民家が被害にあってしまいました。何卒《なにとぞ》、王国と徴税官様にはご慈悲を賜りたいものです」

「ノクト殿はそうおっしゃいますが、領地を見る限り田畑はまだしも民家にそれほどの被害はないように思いますが？」

ここに来るまでにある程度領地の様子を見て回っていたのだろう。レベッカがそのように指摘してくる。

それは俺のスキルと皆の力で乗り切ったんです！　と声を大にして叫んでやりたいが、素直に言ってやる必要はない。

「皆で必死になって復興作業に取り組みました。特に移り住んでくれた力自慢の獣人やドワーフが頑張ってくれたのが大きいです」

別にガルムやギレムだけが突出して働いたというわけでもない。領民の全員が全力を尽くしているからこその成果だ。

彼等《かれら》だけを持ち上げる意味はないが、人間よりも優れた力を持つ種族が加われば説得力になるというもの。

俺の言葉を聞いたレベッカは神妙な顔つきになる。

「…………ハッキリと言っていいですか？」

「なんでしょう？」

「この領地は明らかに怪しいです。ざっと領民の数を数えてみましたが、畑を見たところ明らかに全員を賄えるほどの数も広さもありません。それなのに領民たちの表情は満たされているかのように明るい。こんな歪《いびつ》な領地は見たことがありません」

「そうなのでしょうか？　何分、辺境から出ることがあまりないもので……」

それでもシラを切り続ける俺を見て、レベッカは諦めたようにため息を吐いた。

「……………もういいです。ビッグスモール領は状況を加味して、今年の税は免除とします」

「レベッカ殿のご配慮に感謝いたします」

「ただし、この件は上に報告させていただきますから」

「ええ、どうぞご自由に」

レベッカの鋭い視線が向けられる中、俺は飄々《ひょうひょう》とした態度を崩さずに答えた。

この件というのは俺の領地の違和感についてだろう。

どちらにせよこの領地を守っていくのに現状では俺のスキルが必須だ。

あれほど巨大な防壁を作っている以上、遅かれ早かれ周囲に違和感を抱かれるのは当然であった。

スキルをぶっちゃけてしまう方法もあるが、今領地を離れさせられるのは非常に困る。

王城に呼び出されるようなことがあったとしても、それは当分先のことだろう。

仮にそうなってもスキルで取引を持ち掛ければ、切り抜けられる自信はある。

「わかりました。私はもう少し視察をしてから帰還します」

「私が案内いたしましょうか？」

「結構です」

などと提案するもきっぱりと断られてしまい、レベッカは馬に乗って離れて行ってしまった。

どうやらレベッカに嫌われてしまったようだ。

彼女の背中を見送っていると、隣に控えてくれていたメアは心配そうに言う。

「ノクト様、これでよかったのですか?」

「これでいいんだ。今は領内を安定させるまでの時間が何より欲しいから」

レベッカの言うことは正しい。俺のスキルだけで成り立っている現状の領地はまさに歪だ。

だからこそ、そこを脱却できるように皆で頑張らないとな。

二十八話　レベッカ＝アンセルム

私は王国徴税官のレベッカ＝アンセルム。

今日はビッグスモール領の視察に向かっているところだ。

ビッグスモール領は土地こそ広いものの、凶暴な魔物が跋扈《ばっこ》している大森林と隣接している辺境地。反対側は有力貴族で固められており、ハッキリ言って大森林の防波堤にされているような弱小領地だ。

そんな領地が大森林からやってきた魔物に襲撃を受けて、領主と長男が死亡。

次男が家督を継いだが、領民は全て逃げ去ってしまったと聞いた。

これが本当であれば大惨事だ。

一つの領地が荒廃するというのは、すなわち王国の力の減衰を意味する。

それがどんなに小さな領地であっても見過ごすわけにはいかない。

領民が逃げ出したとあっては、もはやビッグスモール領に未来はないだろう。

家督を継いだ次男がいるらしいが、領地経営は一人でできるほど甘くはない。

領主といっても領民がいなければ収入を得ることができないからだ。

この噂《うわさ》を聞いたのが一ヵ月以上前なので、既に次男も音を上げているかもしれない。

あるいは最初から再興など目指さずに逃げ出している可能性もある。

その場合は王国貴族の責務から逃れたとして上に報告し、捕らえてもらう必要があるのでできればそうはなってほしくないものだ。

なんてことを考えながら馬で進むことしばらく。

私の視界に思いもよらない物体が目に入った。

「……なんですアレは？」

それは王都の城壁を思わせるような巨大なもの。二十メートル以上あるであろう防壁が築かれていたのだ。

もしかして、私はビッグスモール領とはまったく違う場所を目指してここまで来てしまったのだろうか。

しかし、そんな間抜けなことはしない。私は間違いなくビッグスモール領に向かって進んでいる。

有力貴族であるハードレット家の領地に入ったわけでもない。なぜならあの領地にはきちんと関所がある。私はそちらを通ってなどいない。

だとすると、目の前にそびえ立つ防壁はどこのものか？

まさかビッグスモール領のもの？

「……あり得ません」

衝撃で思わず口に出してしまったが、目の前にあるものは現実。

瞼《まぶた》を何度擦ってみてもなくなることはない。

ひとまず、あの防壁は誰が作ったものか調べる必要がある。

意を決して道を進むと、王都の城壁と同じような城門が作られていた。

しかし、そこには王都のように屈強な騎士はおらず、ただの村人らしい男性が槍《やり》を持って立っていた。

その立ち振る舞いから明らかに訓練された戦士ではないことがわかる。

「失礼、王国から派遣された徴税官ですが、ここがどこか教えてもらってもいいでしょうか？」

「えっ？　あ、はい。ここはノクト様が治めるビッグスモール領です」

ここがビッグスモール領？　あの土地が広いだけで、魔物の被害で万年金欠だったあの……？

それがあのような見事な防壁を築いたというのだろうか。

「あの、どうかしましたか？」

あまりの衝撃に長考してしまったようだ。目の前の領民が不思議そうにしている。

「いえ、何でもありません。徴税官としてここの領主とお話ししたいのですが、中に入ってもいいでしょうか？」

「はい、どうぞ」

私がそのように尋ねると、領民は訝《いぶか》しむようなこともなく許可して招き入れた。

立派な防壁を備えているとは思えないほどの警戒心の低さだ。

いや、そもそも領民全員が逃げ出したというビッグスモール領に人がいることがおかしいのではないか。

混乱していた私は遅ればせながらそのことに気付いた。

防壁を通り過ぎて領地に入ると遠くでは普通に民家が建ち並んでおり、領民が生活しているのが見えた。

ビッグスモール領の領民が逃げ出したということは嘘《うそ》ではない。なぜなら、逃げ出した領民から話を聞いていたからだ。

現に民家から離れた大森林の方に進んでいくと、荒れ果てた田畑や破壊された民家が散らばっている。

最低限の処理はなされているが、ここで激しい戦闘があったであろうことは容易に想像できる。となるとビッグスモールの領主は、絶望的な状況ながらも立ち上がり、領民を呼び込んで再興していると推測できる。

それは王国としても喜ばしいことであり、私としても好ましいことだった。

ひとまず領主から詳しい話を聞いてみよう。

民家のある方向に馬を進めていると畑仕事をしている獣人の家族を見つけた。

私が声をかけると父親獣人がその体躯《たいく》に見合わない気弱そうな顔で返事をし、小さな娘がこちらを見て怯《おび》えるように母親の背中に隠れた。

私は生まれながらにして目つきが悪い方だと自覚しているが、このように小さな子供にまで怯えられると少しショックだった。

それでもめげずに私は父親の獣人に領主の元に案内してくれるように頼んだ。

獣人について行きながらも領内の様子を観察する。

領民の数こそそれほど多いものではないが、一ヵ月あまりで新しい領民をここまで呼び込んでいることに私は驚いた。

新築らしい民家がたくさん並び、田畑にある作物が豊かに思える。

それに何より領民の表情が明るかった。

領内の様子は領民の表情を見れば大体わかる。

それは徴税官として各地を巡った私の中の持論であった。

どれほど素晴らしいと言われる領主でも、そこに住む領民の表情が暗ければ何かしらの闇があるものだとわかる。

しかし、ここにはそのような闇の気配は感じられない。悲嘆にくれず、誰もが希望があると信じてやまない表情だ。

それはこの領地を治める領主が、領民の暮らしやすい政策を行っていることの証《あかし》だ。

絶望的な状況ながら諦めず、ここまで立て直した領主に敬意を抱いた。

一体、新たに領主になったビッグスモール家の次男とはどのような者なのだろうか。

「あっ、ノクト様だ」

「あそこにいる男がここの領主か？」

「はい、そうです」

視線の先では黒髪の少年と、銀髪のメイドが作物を手にして話し合っていた。

獣人がノクト様と名を呼ぶと、黒髪の少年がいち早く振り返った。

「あなたが新しく領主になったノクト＝ビッグスモール殿ですね？」

「はい、その通りです」

思っていたよりも幼い。いや、ビッグスモール家の次男というのだから当たり前か。

絶望的な状況を打開した様子から、私はもっと精悍《せいかん》な男性だと思い込んでしまった。

互いに自己紹介を軽く済ませて用件に入ろうとしたが、ノクトがメイドを下がらせないのが気になった。

「既に領地の噂はご存知だと思いますが、現状では彼女しか家臣がいませんので……」

どうやら傍《そば》にいるメイドはただの使用人ではなく、領地に貢献している家臣らしい。

ノクトの一瞬ムッとするような表情を見て、私は言い方がマズかったかもしれないと反省した。

そこからノクトがビッグスモール領で起きた出来事を語り、私は要所をメモしながら耳を傾ける。

「そうですか。ラザフォード殿やウィスハルト殿は亡くなられたのですね。辛《つら》いことを聞き出してしまい申し訳ありません」

「……いえ、これも徴税官様のお仕事ですから仕方がありませんよ」

私がそう言うと、ノクトから驚くような雰囲気が感じられた。

仕方がない。徴税官の中には数字でしか物事を見られない者も多いから。

それにしても、傷口を抉《えぐ》るようなことを聞いたというのに、彼の態度は落ち着いている。

そこに家族の死すら乗り越えて、立て直してきた彼の強さの一端を感じた気がした。

ノクトの話を聞いたところで、私は早速ビッグスモール領の気になる点を尋ねた。

「……なんですか？　あそこに並んでいる巨大な防壁は？」

そう、大森林側を中心に建てられた見事な防壁。

ノクトの話を聞いてみると、やはりあのような物ができあがった経緯が気になる。

あのような防壁を作るには何十年もの時間がかかる。話を聞いた状況ではとても着手できるわけもないし、どう考えても時間が足りない。

「大森林の脅威に備えて頑張って建造しました」

「ふざけないでください！　あんな王都の城壁に匹敵するようなものが一ヵ月あまりで出来上がるわけがないでしょう⁉」

意味がわからない。あのような物が頑張った程度でできるならば、どの国や街も魔物の被害に怯えるようなことはないだろう。

私がその後も問い詰めてみるも、ノクトはのらりくらりと適当なことを述べて煙《けむ》に巻こうとする。

おかしい、絶対におかしい。あのような物を一ヵ月あまりで作れるはずがない。

その不可能を可能にする唯一の方法といえば、スキルしかない。

「……もしかして、特別なスキルを手に入れたのですか？」

「ご想像にお任せします」

スキルだと当たりをつけてみるも、彼が口を割る様子はない。

徴税官であることをチラつかせても、ノクトは怯《ひる》むことはなかった。

それもそうだ。他人のスキルを、ましてや貴族のスキルを開示させる権限はただの徴税官である私にはないのだから。

悪事を働いていたり、加担していればできなくもないがノクトはそのどちらでもない。

スキルについて問いただすことはできないので、仕方がなく私は今年の税についての話をする。

幸いにも領地の立て直しができているので、いくばくか税の徴収ができるかと思ったが、ノクトはのらりくらりと言い訳をして税の引き下げを要求してくる。

家族が亡くなり、魔物の襲撃によって多大な被害を受けた、そこから立て直しを図ったので、今年の税は限りなく少なくしてほしい。

ノクトの言っていることは何も間違っていない。

むしろ、領地を荒廃させなかったことを考えると当然の要求であろう。

徴税官である私もそのようにしてあげたいが、この領地には引っ掛かるところがあり過ぎる。

「…………ハッキリと言っていいですか？」

「なんでしょう？」

「この領地は明らかに怪しいです。ざっと領民の数を数えてみましたが、畑を見たところ明らかに全員を賄えるほどの数も広さもありません。それなのに領民たちの表情は満たされているかのように明るい。こんな歪《いびつ》な領地は見たことがありません」

この領地はあまりにもちぐはぐだ。いくつもの領地を見てきたが、そのどれにも当てはまらない。

そこにはノクトのスキルが関係しているのだろう。

しかし、あのような防壁を作り出したり、領民を安定して生活させる方法。私の知っているスキルの中には思い当たるものはなかった。

しかし、最後の最後までノクトはスキルを明かすことはなかった。

結局、私はビッグスモール領の状況と成果を加味して、今年の税は免除とした。

領地を立て直したノクトの手腕とスキルは認める。

認めているからこそ不可能を可能にするスキルを明かしてくれないのが残念であった。

これらの力があれば王国は飛躍的に力を伸ばすことができるというのに。

しかし、いつかはその秘密を暴いてみせる。それが王国にとっての発展になると私は信じているからだ。

二十九話　不穏な気配

「……縮小」

スキルで栽培して育てたニンジンやタマネギに縮小をかけてみる。

すると、生長しきっていたニンジンとタマネギが小さくなった。

縮小されてしまってぽっかりと穴の開いた部分にメアが土をかぶせてくれる。

前回の検証で縮小を何度もかけて育てたオレの実は甘みが増すことがわかった。

今回は他の作物でもそれが適用されるのか試しているところだ。

「ニンジンやタマネギも甘味が増したら、苦手な人でも食べられるようになるかな？」

「一部の大人や子供が喜ぶかもしれません」

メアがくすりと笑いながら返事する。

メアが笑ったのは俺が辛味の強いタマネギを苦手としていると知っているからだ。

たまにサラダで出てくるスライスされたタマネギとかちょっと苦手だ。

いつ辛味のあるものに当たってしまうかと思うと、ちょっとしたロシアンルーレットをやっている気分になる。

発想が子供っぽいと思われただろうか？　でも、この試みが成功すれば俺だって生タマネギのサラダを心置きなく食べることができるんだ。是非とも成功してほしい。

美味《おい》しい食べ物は少しでも多いに越したことはないだろうから。

「ノクトー！」

そうやって実験用の作物に縮小をかけながら他愛のない会話をしていると、ベルデナの声が響いてきた。

振り返ると、ベルデナとグレッグ、リュゼが三人揃《そろ》って近付いてくる。

「……どうされたのでしょう？　三人とも少し浮かないご様子ですね」

「うん、どうかしたんだろうか？」

それがいつも通りであれば笑顔で手を振って応えるところであるが、三人の表情は少しだけ硬かった。

今日は定期的に行っている大森林の様子を見に行く日だったと思うが、何かあったのだろうか。

いつもなら昼を過ぎた頃に戻ってくるはずだが、まだお昼にもなっていない。

……なんとなく嫌な予感がする。

「今日は大森林の巡回日だけど何かあったのかい？」

予定外に早く戻ってきた三人に問いかけると、ベルデナがおどおどして、仕方なさそうにリュゼが口を開いた。

「……大森林の浅いところでオークを見つけた」

「なんですって⁉」

メアの驚きの言葉が響き渡る。

オーク。それは一ヵ月半前に俺の領地を襲った人型の魔物だ。

二メートルに及ぶ体躯《たいく》を持っており、その身に込められたパワーは巨木や民家すらもへし折ってしまう。

さらに恐ろしいのはその異常な繁殖力だ。

奴等《やつら》は他種族の女性を攫《さら》って繁殖を行うことでも有名であり、瞬く間に数を増やしていく。

そんな特性もあって人間たちから蛇蝎《だかつ》のごとく嫌われている。

以前の襲撃でその被害が全くなかったのは、偏《ひとえ》に父と兄による領民の避難指揮が的確であったからだろう。

しかし、今二人はこの世にいない。

このままいけばもしかするとオークたちは、この領地にやってくるかもしれない。いや、必ずくるだろう。

俺一人だけで乗り切らなければいけないという事実に身体《からだ》が重くなる。

「ノクト様？」

「……ごめん、ちょっとビックリして反応が遅れた。それで見かけたオークは一体かな？」

「ううん、三体から四体で固まって動いているのを何回も見たよ」

「通常のオークがそのように行動することはありません。間違いなく、彼等《かれら》を統率する上位個体がいると思っていいかと」

「……最低でもオークジェネラルはいるとみていい」

上位個体のいるオークの群れ。メアの言う通り、間違いなく以前この領地を襲撃してきた群れだ。

残念ながらたまたまハグレを見つけたわけなどではない。

「で、でも、私たちの領地にくるってわけじゃないよね？」

「この領地は以前もオークに襲撃されたんだ。その時は撃退したが、また攻めてくる可能性が高い」

物事は最悪の事態を想定して動く方がいい。大森林の比較的浅いところで見つけたのであれば、こちらにやってくるつもりだろう。

守れるのか？　俺にこの領地を？　父や兄がいない中、領民たちをまとめ上げて。

オークたちが襲撃してくるかもしれないと領民に伝えたら、逃げられてしまうかもしれない。

またあんな想《おも》いはしたくない。

そんな負の想いを抱いていると不意に身体が温かい何かに包み込まれた。

気が付くとメアが俺のことを抱きしめている。

女の子特有の甘い香りや、柔らかい身体の感触、何より体温が心を落ち着かせてくれた。

「……メア？」

「ノクト様、大丈夫ですよ。私たちは逃げたりいたしません」

「っ⁉」

しっかりと言い聞かせるように言うメア。

俺の不審な挙動からメアは何を不安に思っているかわかっていたらしい。

しかし、俺を抱きしめているメアの腕は微《かす》かに震えていた。

俺はたまたまスキルを授かりに行っていたので、実際にオークに襲撃された様子は目にしていない。

しかし、メアは実際にその時も領地にいたのだ。俺よりも遥《はる》かに恐怖心は大きいだろう。

それなのにメアは俺のことを心配してくれて……。

「そうだよ。私がノクトとこの領地を守るから！」

オークの群れが襲撃してくるかもしれないにも拘《かかわ》らず、ベルデナはいつもと変わらない様子でそう言う。

ベルデナの勇ましい声と態度がとても頼もしい。張り詰めていた空気が弛緩《しかん》した。

「俺も勿論《もちろん》力を貸しますよ」

「……この領地は居心地がいいから」

グレッグやリュゼもそう言って、頼もしい言葉をかけてくれる。

皆の温かい言葉のお陰で暗く重くのしかかっていた重圧が軽くなった。

本来ならこういう窮地で真っ先に行動を起こさないといけないのは領主である俺だ。

「……ありがとう、皆」

まったく何をやっているというのか。これでは天国で見ている父や兄に怒られてしまう。

「戦おう。俺たちの居場所を守るために」

「うん！」

決意の言葉を述べると、ベルデナたちもしっかりと頷《うなず》いてくれた。

◆

戦う決意を固めた俺が最初にしたことは領民を集めることであった。

まずはオークの群れが傍《そば》におり、やってくるかもしれないことを伝えなければならない。

幸いうちの領地は領民が多いわけではないので、数十分もしないうちに領民全員が集まった。

領民の顔を見られるように拡大した木箱の上から眺めると、二百人以上いることがわかる。

最初は俺とメアの二人しかいなかったというのに随分と増えたものだ。

思わず感慨深くなってしまうが、いつまでも感傷に浸っている場合ではない。

今は一刻も早く情報を伝えて準備に移行する必要がある。時間は無駄にできない。

全員が集まるという今までにない事態にざわついている中、俺は自らの声を拡大して発した。

「急な呼び出しにもかかわらず集まってくれてありがとう。今日は皆に伝えなければいけないことがあったから集まってもらった」

拡大された声はざわつきを見事に吹き飛ばし、領民たちを一気に静めさせた。

「大森林の浅いところでオークの群れが発見された。恐らく、それは以前にもこの領地を襲ってきたオークたちだ。またこの領地を襲いにきた可能性が非常に高い」

オークの群れの発見と、襲撃の可能性に領民たちが一気にざわつく。

しかし、ここで好き勝手に喋《しゃべ》らせてはパニックになる可能性がある。

それを一喝するように俺は厳かな声で方針を宣言する。

「せっかく皆の力で復興させた領地だ。またオークに壊されるなんて我慢ならない。だからこそ、この領地を守るため皆には力を貸してほしい！」

父や兄のスキルやカリスマであれば、俺が守ってやるから力を貸せ、付いて来いと皆を引っ張ることができただろう。

しかし、二人のようなスキルもカリスマもない若造では、このようにお願いする形でしか宣言できない。

情けないかもしれないが、今の俺は一人ではない。仲間がいる。

「任せて！　皆は私たちが守るから！」

「おうよ！　こういう時のために俺がいるんだからな！」

「……あれだけ立派な防壁があれば楽勝」

俺のお願いに呼応するようにベルデナやグレッグ、リュゼが返事をしてくれた。

三人が決意を露《あら》わにしたことで領民たちも同じように決意の言葉を述べていく。

「ノクト様、戦闘は苦手ですけど、家族とこの領地を守るためならオレも戦います！」

「私も微力ですけどお手伝いさせてください」

「ありがとう、ガルム、オリビア」

何人かが逃げてしまうんではないかと思っていたが、ここまで結束力が高いとは。

自分の領地ながら誇らしく、嬉《うれ》しい気持ちになった。

それはメアも同じだったのだろう。涙を流しそうな表情で呟《つぶや》いた。

「本当にいい領地になりましたね」

「うん」

だからこそ、失いたくないんだ。

あの時と同じ悲劇を繰り返さないために。

「戦えない老人や子供、女性は避難の準備。それ以外の戦える者はここに残ってくれ！」

三十話　襲撃に備えて

オークたちの襲撃に備えて、領民たちが動き出す。

戦うことのできない老人や女性、子供たちは必要なものだけを纏《まと》めて、屋敷《やしき》の裏山の方へ。あそこならば大森林から一番遠く高さもあるので、もし突破されるようなことがあってもすぐに追いつかれることはない。

そのまま隣の領地に逃げることができる。

有力貴族が領民たちにどのような対応をするかは不明であるが、レベッカが元領民から話を聞いていたようなことを言っていたので、無事に逃げ延びることはできると信じたい。

ただ、やはり女子供だけを避難させるのは不安だ。

何人か戦える男性を連れていかせるが、皆の不安を和らげることのできる人がいい。

「……メア、避難の指揮は任せていいかい？」

「いえ！　私も残ります！」

おずおずと尋ねると、いつになく強い口調でメアに断られてしまった。

「いや、そうは言ってもメアは戦うことはできないだろう？」

メアのスキルは戦闘向きではなく、メア自身も戦闘の経験などは一切ない。

てっきり素直に従ってくれると思っていたのだが……。

「戦うことはできなくても、ノクト様の力をお借りすれば皆の傷を癒《いや》すことはできます」

「そ、そうかもしれないけど……」

確かにメアの【細胞活性】は植物を育てるだけでなく、人間の細胞にも適用されて自己治癒力を高めることができる。

回復スキルを持った領民もおらず、ポーションの類や傷薬もほとんどない現状では、メアの存在は非常にありがたい。

だが、避難民のことを考えるとメアが付いていってくれると安心なのだが。

「ノクト様、避難する方たちのことであれば私に任せてください」

「……オリビア」

「獣人である私たちをここの皆さんは忌避することなく受け入れてくださいました。その恩返しとしてお役に立ちたいのです」

確かにオリビアは領民の女性やご老人からの信頼も厚い。彼女が付いていれば避難する領民たちの心の支えになってくれるかもしれない。

最大の懸念事項が消えた以上、心が痛むがメアを残す方が戦線では有利か。

「………わかった。避難民のことはオリビアに任せるよ」

「ありがとうございます、オリビアさん！」

「いえ、本当ならば私も戦うべきなのでしょうが……」

礼を言うメアの言葉を聞いて、オリビアが申し訳なさそうにする。

「ガルムにも言ったけど獣人だから戦うべきなんてことは強制しないよ。それにオリビアには守るべき子供もいるからね」

「……ありがとうございます」

オリビアは獣人で並の人間の戦士よりも強いかもしれない。だけど、それだけの理由で子供のいる彼女を連れていくのは間違っている。

戦うのは苦手であるガルムが意を決して前線に加わっているんだ。オリビアまで戦線に加えられない。

「あの、最後に一つだけお願いをしてもいいでしょうか?」

「なにかな?」

オリビアが手招きをするので俺はそちらに近付く。

「ガルムは戦いになると興奮して暴れることがあるので、できればその辺りを注意して頂けると助かります」

「え? あのガルムが?」

強そうな見た目とは裏腹に気弱で、戦うのを好まない彼からはとても想像できなかったスタイルだ。

戸惑う俺を見て、オリビアは少し迷ったようにしながら囁《ささや》いた。

「……ガルムは【狂化】というスキルを持っておりますので」

「な、なるほど」

【狂化】というスキルは己の身体能力を向上させ、痛覚を鈍化させる戦闘能力と継続力を引き上げる効果がある。しかし、その強力な効果と引き換えに、強い興奮効果をもたらし、酷《ひど》い者であれば意識を失うこともあるという。

「わかった。ガルムが周りの人を傷つけないようにしっかり見ておくよ」

「ご迷惑をおかけします。それでは、失礼いたします」

オリビアは最後にそれを伝えると、深く頭を下げて避難の準備を始めた。

ガルムがそんなスキルを持っていたとは知らなかった。ただでさえ、獣人という圧倒的な身体スペックを持っている彼が【狂化】すればとんでもない力になるだろう。

しかし、それは諸刃《もろは》の剣《つるぎ》だ。使ってもらうにしろ、使いどころは慎重にしないとな。

「ノクト様、俺たちはどうしましょう？」

そんなことを考えていると、グレッグをはじめとした戦える領民たちが既に集まってくれていた。

その数にして百五十前後だろう。頼りない数字に思えるが、俺のスキルを運用していくことを考えると十分だ。

「オークがやってくるのは大森林のある西側。そこにある防壁を有効活用して、領地に入り込めないようにしたい。そのために、まずは堀を作ってもらいたい」

「堀ですか？　考えていることはわかりますが、今からじゃとても……」

「大丈夫。浅く掘ってさえくれれば、俺が拡大して深い穴にするから」

グレッグの懸念する通り、今からではとても堀を作ることはできないが、俺のスキルを使ってやれば別だ。

少しでも掘ってくれれば俺が穴を拡大して、あっという間に深い堀を作ることができる。

俺が土魔法で掘って拡大してもいいのだが、戦闘を前に疲弊するのはできるだけ避けたい。

「なるほど！　それならば短時間でできますね！」

「西側を中心に力のある若い人をたくさん連れていっていいよ。後で俺がスキルを使いに行くから」

「わかりました」

グレッグが声を上げると若者たちが集まって、道具を手にして西の防壁に向かった。

半分近い人数がいなくなってしまったが、堀を作ることは最優先なので人手は惜しまない。あれがあるのとないのとでは戦いの有利さが違うからね。

「ローグとギレムは――」

「あの二人ならすぐに武器を揃《そろ》えるって言って家に戻られました。何人かお手伝いを連れて」

ローグとギレムに武器の準備を頼もうとすると、メアが申し訳なさそうに言ってくれた。

「あ、うん。それならいいんだ」

あの二人がせっかちなのは今に始まったことではないし、今は少しでも時間が惜しい時だからね。気にしない。

「それじゃあ、残りの人は戦闘の準備だ。それと石と枝を集めてほしい」

「ノクト様が石を拡大し、俺たちが梯子に登って、防壁の上からそれを落とすのですね？」

「そういうこと」

この方法を使えば、腕に自信のない者でも楽にオークを倒すことができる。

いかに強靱《きょうじん》なオークといえど、防壁ほどの高さから巨大な石を落とされては一たまりもあるまい。

「……では、枝は？」

リュゼが小首を傾《かし》げて尋ねてくる。

石はすぐに想像できるが、そちらはどう使うか想像できなかったのだろう。

「ナイフで削って尖《とが》らせたものを地中に埋めて拡大して罠《わな》にする。あと投げ槍《やり》としても使える」

「……なるほど、どちらも最小の手間で魔物を倒せる」

さすがにこのあくどい運用方法は想像できなかったのか、リュゼ以外の領民の顔が引きつっていた。

ただの枝であっても、俺のスキルを使えば凶悪な武器になる。

今までは建物や作物を大きくするだけだったので驚いてしまったのかもしれない。

だけど、それでも俺は取り下げるようなことはしない。

この領地と領民を守るためならば、たとえ引かれようが気にしない。

「では、私たちは石と枝を集めましょうか」

「「お、おう」」

メアが空気を変えるように明るく手を叩《たた》いて言うと、領民たちが彼女に従って動き始める。

とても助かる。メアには残ってもらって正解だったかもしれない。

三十一話　ベルデナの決意

「ノクト、ちょっといい？」

領民たちが動き出し、自分のできることをやろうとする俺をベルデナが呼び止めた。

ちょっと構ってもらいたい的な用事であれば、後にしてもらおうと思ったがベルデナの様子は真剣そのものであった。

「どうしたの？」

真面目な話だと察して俺は振り返る。

するとと、ベルデナはすぐに何かを言うと思ったが口をつぐんだ。

小首を傾《かし》げると、ベルデナは落ち着かせるように大きく息を吐いて言う。

「ノクト、私を元の大きさに戻して」

「……え？　でも、それはベルデナがいやなんじゃ……」

ベルデナに元の大きさに戻ってもらうことは当然考えた。

ベルデナは人間の大きさでも十分な強さであるが、恐らく巨人族の姿になればもっと強いだろう。

俺が拡大して作る石や投げ槍《やり》なんかも大きくなったベルデナが使えば、とんでもない威力になる。

あと単純に大きさという面で魔物は畏怖し、領民たちも頼もしさを覚えるだろう。

しかし、グレッグと山に登った時、ベルデナは元の大きさに戻るのはいやだと言った。

せっかく皆と同じ身長になれたのにまた仲間外れになるからだと。

俺はベルデナのその気持ちがわかっているからこそ頼まなかった。

「うん、確かにそう言ったよ。皆との違いを見せつけられるのは嫌だし、怖いと思われて避けられるかもしれない。でも、それよりも大切な居場所がなくなっちゃうことの方が怖いんだ。だから、私は精一杯の自分で戦いたい」

おそるおそる尋ねる俺の言葉に、ベルデナはハッキリと言った。

迷いのない真《ま》っ直《す》ぐな彼女の目に吸い寄せられそうになる。

新しくやってきた領民の中にはベルデナが巨人族だって知らない人もいるだろう。急に大きくなって驚かれるかもしれない。

でも、ベルデナはそれよりも全力で領地を守りたいと言ってくれた。

ベルデナの覚悟のある言葉を前に、これ以上心配の声をかけるのは失礼だと思った。

「ありがとう、ベルデナ。それじゃあ、大きさを一時的に元に戻すよ」

「うん、お願い！」

俺がそう言うとベルデナはにっこりと笑って目を瞑《つぶ》る。

その時の顔が、まるでキスでも待っているかのように思えてドキドキしてしまったが、そんな邪念は振り払う。

「拡大」

ベルデナと最初に出会った時のことを思い出しながらスキルを発動。

すると、ベルデナの身体《からだ》がぐんぐんと大きくなる。

あの夜よりも俺のことを信頼してくれているのか、スキルに対する抵抗は全くなくあっという間に巨人になった。

「大きくなったよ」

俺がそう声をかけると、ベルデナはゆっくりと目を開けて辺りを見回した。

まるで自分の世界を確かめるような。

そして、ベルデナは自分の手足を確かめるように見て無邪気に笑った。

「あはは、見慣れていたはずなのに何だか久し振り」

自分の抱いた感想がおかしかったのかベルデナは楽しそうに笑う。

大きくなったベルデナに気付いたのか、周囲で作業をしていた領民たちが驚きの声を上げる。

「うおお!?　ベルデナが大きくなってんぞ!?」

「まさか、前線で戦う奴《やつ》はノクト様のスキルで全員デカくされちまうのか!?」

それもいいかもしれない……と一瞬考えたが、身体に拡大を施すにはそれなりの信頼が必要だ。

誰かれ構わず拡大できるわけでもない。

「さすがにそれはないだろう。あれはノクト様のスキルで元の大きさに戻っただけだ」

「は？　元の大きさ？」

「ベルデナは巨人族だからな」

「マジかよ!?　全然知らなかったわ。すげー！」

ベルデナが巨人族であったことを知って驚いている領民もいたが、恐れられるような反応はなかった。

これもベルデナの人気があってのことだろう。今のベルデナを知っている者からすれば、実は巨人族であったことを知っても恐れにはつながらない。

大きい彼女が何か酷《ひど》いことをするようには思えないからな。

「ひっ、あぶねえだろッ！」

「うわっ、とと！　ごめん！　この大きさになるのが久し振りで歩幅を見誤っちゃった」

……身体の感覚が久し振りなのはわかるけど、領民を踏みつぶさないでね？

◆

大きくなったベルデナは元の大きさに慣れるため身体を動かしに消えたので、俺は領内の準備を確認しに回る。

「ノクト様、こんな感じでよろしいでしょうか？」

若い男性がナイフで削った枝をおずおずと見せてくる。

特になんてことのない枝の先端を尖《とが》らせたものだ。しかし、今はそれでいい。

男性から尖った枝を貰《もら》った俺は、それを地面に置いてスケールが大きくなるようにイメージして拡大を施す。

すると、ただの細長い尖った枝が投げ槍のようになった。

試しに持ち上げて人のいないところに投げてみると、しっかりと投げ槍は飛んでいって地面に刺さった。

いくら硬い表皮を持っているオークでも、防壁からこのような槍を投げつけられたらただでは済まないだろう。

さらにベルデナ専用のサイズに拡大してやれば、それはもうとんでもない威力になる。

きっと攻城兵器以上の破壊力が出るだろう。

「うん、大丈夫だね。こんな感じでドンドンと作っていって」

「はい！」

目を丸くしていた男性は驚きながらも次の枝をナイフで削っていく。

枝の先端を尖らせるくらいであれば領民の誰でもできるので、次々と尖った枝が出来上がっていく。

材料となる枝はメアを中心とした非力な若者や男性がせっせと集めてくれていた。

そして、俺は皆が作り上げた枝に次々と拡大を施して投げ槍にする。

既に五十本は出来上がっただろうか。

オークの群れを相手にするにはまだまだ心許《こころもと》ないが、襲撃を前に拡大するべき場所はたくさんある。

「俺は他の場所を回ってくるけど生産は続けてね。また後で戻ってくるから。それと何人かは安全な場所で投げ槍の練習もしておいてね」

「わかりました！」

防壁の上から投げつけるだけなので、それほどの練度は要らないと思うが、ぶっつけ本番でやらせるよりずっといい。

石を集めたり、枝を集めて加工したり忙しいかもしれないが領地のためだ。

俺は領民たちにそのように言うと防壁に向かった。

◆

防壁の外にやってくると、そこではグレッグをはじめとする体力自慢の領民たちがスコップを手にしてせっせと地面を掘っていた。

「グレッグ、堀は順調？」

「はい、防壁に沿って浅く掘っています」

グレッグの言う通り、領民たちは遠くでも掘っている。

俺の言う通り、浅く掘っているのであそこまでたどり着けたのだろう。

これを真面目に何メートルも掘っていたら何日かかるやら。

「ノクト様の言っていた通り、このくらいの浅さで問題ありませんか？」

「ちょっと試してみるから離れてくれるかい？」

「わかりました」

俺がそう言うと、グレッグと周りにいた領民たちが後ろに下がる。

俺は皆が浅く作ってくれた穴にスキルを発動。掘った場所に沿うようにひたすら深く穴を拡大すると、土がドンドンと凹《へこ》んでいって深さ五メートルほどになった。

「拡大」

見事な堀といっても申し分のない出来に、グレッグをはじめとする領民が驚きの声を上げる。

やはり、枝の時といい確証のないままに作業を続けるのは不安だったのだろう。

オークの群れが襲ってくるかもしれない時に、浅くでいいから土を掘ってくれと言われると俺だって不安になる。

「うん、これくらいあればオークの足も止められるね」

「これくらいで大丈夫だそうだ！　このまま壁に沿うように掘っていくぞ！」

「「おう！」」

グレッグの声に威勢よく応えて手を動かす男性たち。

スキルの範囲になったのは二十メートル程度か。アースシールドの拡大ほどではないけど、ちょっと疲れるな。

それでもこれが領地のためになるんだ。頑張っている皆に負けないように俺も頑張らないとな。

そうやって俺は、次々と必要な場所や物に拡大をかけていくのであった。

三十二話　開幕の一撃

オークの襲撃に備えた翌日。

オークの群れは未《いま》だにやってきてはいなかった。

それでも大森林内の近場で姿が確認された以上、気を抜くことはできない。

ローグやギレムが徹夜で武器を作ってくれているが、前線に出ている領民全員の分を用意できるわけじゃない。

防壁の強化や罠《わな》の設置、堀を作ったりと順調に備えは進んでいるが、時間は少しでもあるに越したことはない。

「もしかすると、今日もこないかな？」

巨人となったベルデナが地面に腰を下ろしながら言う。

「それならそれで嬉《うれ》しいんだけどね」

とはいっても、前線にいる領民たちはオークに備えて常に準備をしていなければいけない。張り詰めた空気が漂っており、このまま時間が経過するのも精神が摩耗してしまいそうだ。

入念な準備をするには時間がいるが、精神状態を考えると早く来てくれた方がいいのかもしれない。

などと考えていると、大森林の方角で地響きが聞こえた。

重くて巨大な何かが倒れる音。一瞬、防壁が崩されたのかと錯覚してしまったが、防壁の上には見張りの領民が何人もいるためあり得ない。

そこまで接近される前に必ず気付くはずだ。

「何が起こった⁉」

「大森林の木が倒れています！」

見張りの領民がそう答えると、遠くでまた木が倒れるような音がした。

大森林の木をなぎ倒す存在がいる。

「もしかして、オークッ⁉」

察しのついたベルデナが立ち上がって臨戦態勢に入る。

「落ち着いて防壁に上ってくれ。オークはすぐにここまで近づけない」

その声に反応して領民たちが武器を手に駆け出そうとしていたので、事故を防ぐために声を上げる。

大森林から防壁までかなりの距離がある上に罠や堀も存在している。いくらオークでもそうすぐに距離を詰めることはできない。

そのことを領民たちも理解したのか、落ち着いた動きで防壁の上に梯子で上っていく。

石や投げ槍《やり》などの飛び道具は事前に防壁の上に置いてあるので慌てるようなことはない。

領民に続く形で俺も上り、大森林の方角を見てみるといくつもの木々が倒れていた。

砂煙が巻き上がる中、俺たちは固唾を呑《の》んでその方向を見つめる。

すると、砂煙の中から緑の体表をした人型の魔物——オークが姿を現した。

それも一体や二体ではない。まるで、大森林にそびえ立つ無数の木々のような数え切れない程の数だ。

「オークだ！　オークの群れがやってきたぞ！」

オークの群れを目視して領民たちが気圧《けお》される中、グレッグが野太い声を上げた。

恐らく、固まってしまった俺や領民に活を入れるためのものだろう。さすがは元冒険者だけあって修羅場を何度も越えているみたいだ。

そうだ。こういう時こそ領主である俺が引っ張っていかなければいけない。

「総員、戦闘準備だ！」

「「おう！」」

自らを奮い立たせて叫ぶと、領民たちが頼もしい声を上げて答えてくれる。

防壁という圧倒的に優位な状況がある以上、俺たちが前に出る必要性はない。

奴等《やつら》が無防備に近付いてきたところをゆっくりと叩《たた》いてやればいい。

「残っている領民たちには避難を開始するように伝えてくれ」

「わかりました！」

これで非戦闘員も避難を開始することができる。俺たちがいる以上、すぐに追いつかれるようなことはないだろう。

大森林から現れたオークたちは防壁の上にいる俺たちに気付いたのか、雄叫《おたけ》びを上げた。つんざく声は豚のようであるがおぞましく聞こえる。

先頭に立っているオークの咆哮《ほうこう》を皮切りに、続々と他の個体が走ってくる。

その中には木材を加工した棍棒《こんぼう》や、石のハンマーなんかを手にしている個体もいる。

あのような巨軀《きょく》から放たれる武器は、食らえばひとたまりもないだろうがそれはまともに戦ったらの話だ。わざわざ降りて相手をしてやる必要はない。

狩人《かりゅうど》をはじめとする弓が得意なものは弓を構え、【投擲《とうてき》】のスキルを持つ僅かな者はスリングを構える。

縮小をかけて小さくした防壁では、ベルデナが拡大した投げ槍を手に構えていた。

「いつでもいけるよ！」

まだ防壁まで二百メートルも切っていないように見えるが、既にベルデナの射程圏内らしい。

それほどの威力があるのなら引き付けて、一気に蹴散らしたい。

今仕掛けることも考えたが、それをすると間違いなくオークはばらけて接近してくる。

防壁は西側を中心としているし、何よりこちらの戦力が足りない。戦力を分散させるような戦いはできるだけ避けたかった。

「もう少し……もう少し……」

大森林からオークが次々と現れて、こちらに向かって走ってくる。

先頭を走るオークとの距離が近くなってくっきりと見えるようになってきた。

そして、残りの距離が六十メートルになった時、リュゼが率いる狩人チームが手を挙げるのが見えた。

どうやら彼女たちの射程圏内に入ったらしい。

通常ならば六十メートルでもかなり遠いが、スキルの補正があるのだろう。

「よし、ベルデナ！　やってくれ！」

「いっくよー！　それッ！」

俺がそう言うと、ベルデナが十メートルある投げ槍を大きく振りかぶって投げつけた。

綺麗《きれい》なフォームから投擲された投げ槍は、先頭を走っているオークを粉砕し、勢いが止まることなく後続のオークも吹き飛ばしていく。

オークの群れの真ん中がぽっかりと空いており、ベルデナの一撃でかなりの数を倒したことがわかった。

これには雄叫びを上げていたオークも思わず足を止めて、後方を振り返っていた。

その硬直を狙ってリュゼが率いる狩人たちが矢の雨を、投石隊が石を降らせていく。

ベルデナの一撃と降り注ぐ矢と石にオークたちは完全に乱れていた。

それもそうだろうな。たった一撃で何十体もの仲間が死んでしまったのだ。

あんな破壊力を見せつけられたら、俺なら間違いなく撤退を選ぶ。

「うおおおおおおお！　ベルデナすげえっ！」

「一撃で群れに穴を開けたぞ！」

「これならいける！」

ベルデナのド派手な開戦の一撃に、領民たちの士気は高まっていた。

兄が『最初の一撃は華だ』なんてことを言っていて理解できなかったが、確かにこれは華だ。エースにしかできない鼓舞の仕方だ。

「もういっちょ！　それー！」

乱れたオークの群れにベルデナが次々と槍を投擲。

可愛《かわい》らしいかけ声と裏腹にかなりの数のオークが地に沈んでいく。

強靱《きょうじん》な肉体を誇るオークもベルデナの攻撃力を前にしては手も足も出ない様子だった。

防壁から発射されるベルデナの一撃にオークが恐怖し、足をすくませる。

その時、大森林の方から空気を震わせる咆哮が響いた。

そちらに視線を向けると、通常の個体よりも二回り以上大きいオークがいた。

浅黒い肌をしており、身体《からだ》には全身を覆うように鉄の鎧《よろい》を着込んでいる。

他のオークとは違う明らかな存在感。

……間違いない、アレがこの群れを率いている上位個体だ。

ということは兄の敵でもある。

思わず怒りでカッとしそうになるが、グレッグやリュゼの声で我に返る。

「オークキングッ！」

「……ジェネラルどころじゃない。スキル持ち……厄介」

「オークキングとはどんな個体なんだ？」

キングというのは稀《まれ》に出現する上位個体の総称であり、魔物でありながらスキルを保持するという最大の強みを持っている。

人間は成人して神殿で祈ることでスキルを得られるが、キングを称する魔物がどこでスキルを獲得しているかは不明だ。

「その名の通り、オークたちの王ですよ。これだけの数を率いているのも納得です。恐らく、群れを指揮するスキルなんかを持っている可能性も――」

グレッグの説明の声が止まったのは、足を止めていたオークたちから勇ましい咆哮が上がったからだ。

ベルデナの一撃に足をすくませたオークたちが、戦意を奮わせてこちらに突撃してくる。

「くそっ、あいつのせいか……」

オークたちに戦意が戻ったのはオークキングが出てきてからだ。

グレッグの言う通り群れを指揮し、強化するようなスキルを保持しているのだろう。

さっきの攻撃で瓦解してくれればいいものの。

恐らく、この戦いはキングを倒さないと終わらない。

開戦して間もない時間しか経過していないが、俺はそれを確信していた。

三十三話　オークとの攻防

「えいやー！」

ベルデナが威勢のいい声を上げて、投げ槍《やり》をオークの群れに投げていく。

十メートルを超える長大な投げ槍が巨人族のパワーで投げられると破壊力はすさまじいもので、鈍重なオークたちが次々と弾《はじ》け飛ぶ。

しかし、オークたちはそんな恐ろしい目に遭いながらも戦意を衰えさせることはない。いや、オークキングのスキルによって無理矢理高められているというべきか。

オークたちは錯乱したように声を上げて涎《よだれ》を垂らしながらこちらに向かってくる。

それでもこちらには防壁があるので圧倒的に優位だ。

ベルデナが長距離からの投げ槍で群れを薙《な》ぎ払《はら》い、討ち漏らした僅かな個体はリュゼをはじめとする狩人《かりゅうど》たちが矢で仕留める。

領民への被害は皆無だし、物資もそれほど減ってはいない。減っていたとしても後衛の部隊が拡大した物資を使って、供給してくれている。

大森林からなだれ込んでくるオークたちがあとどれくらいいるかは不明であるが、このままのペースでいければ数日は保ちそうな状態だ。

しかし、そんな俺の思惑通りにはいかない。

遠くにいるオークキングが咆哮《ほうこう》を上げると、一直線にこちらに向かってきていたオークたちがバラけるようになった。

ベルデナの投げ槍を見て、固まって攻撃を仕掛けては不利だと悟ったのだろう。

「ノクト様、戦線が広がります！」

「わかった。対処する」

慌ててグレッグが報告してくるのを聞きながら、俺はそれに対処するべく動いていた。

「アースシールド、拡大」

戦場に存在する自分の魔力を頼りにスキルを発動すると、防壁の北側の地面が次々と隆起してオークたちの進行を防いだ。

突如目の前に現れたアースシールドを前にオークたちがぶつかり、何体かが後続に踏み潰される。

同じように俺は防壁の南側にも設置していたアースシールドを拡大して、オークたちの進行ルートを塞いだ。

どうだ、オークキング。お前の考えることなんてお見通しだぞ。

そんな風に挑発の笑みを浮かべてやると、オークキングが苛立《いらだ》ったように身動《みじろ》ぎした気がした。

「すごい！　ノクトって遠くにある土もあんな風に大きくできるの？」

「事前に準備を仕掛けておけば何とかかね」

戦力が少なく防壁で領地の全てを覆うことができていない現状で、一番やられて困るのは多面的な戦闘だ。

ベルデナの破壊力を見せつければ必ずオークたちはバラける。

それを予想していたので俺は戦場に小さなアースシールドをいくつも設置しておき、それを拡大したというわけだ。

【拡大&縮小】スキルは対象が離れるほど扱いが難しくなるスキルであるが、自分の魔力で作ったものであれば離れていても認識しやすいので遠隔的な操作も何とかできる。

とはいえ、さすがにあれだけの数のアースシールドを連続で拡大するのは疲れるな。

しかし、今は戦闘中だ。領主である俺が疲労を見せるわけにはいかない。

アースシールドによるルート塞ぎも万能ではないのだ。

既に後続にいる僅かな個体はキングの命令の下にアースシールドを回り込むようにして、散らばり始めている。

「グレッグ、こっちも戦線を広げて散らばったオークに対処してくれ。領地には一歩も入れるな」

「わかりました!」

そう頼むと、グレッグは声を張り上げて領民たちと防壁の上を移動していく。

アースシールドから漏れたオークの退治はグレッグに任せよう。こちらは依然として中央突破を図ろうとするオークたちの相手だ。

ベルデナの投げ槍でオークが吹き飛ばされていくが、それでもオークたちは仲間を盾にして、死骸を踏み越えて、数という名の物量で迫ってくる。

そして、遂《つい》に俺たちの防壁の下にまでやってきた。

オークたちはその拳や、手にしている棍棒《こんぼう》で防壁を叩《たた》いてくる。

「ひ、ひいいっ！　あいつら遂に足元まできやがった！」

遠くでしか見えなかったオークを間近で目の当たりにして、領民たちが恐怖の声を上げる。

オークという魔物はより近くで見ると、想像していた以上に醜悪なのがわかる。何よりあれほど人間に対して敵意と悪意を剝《む》きだしにする魔物はそういない。

「安心しろ！　落ち着いて行動するんだ！」

「え、ええいっ！」

俺がそう叫ぶと、後ろに控えていたメアが油の入った壺《つぼ》を落として、次に松明《たいまつ》を投げ捨てた。

それを見た俺は落下していく松明の炎を拡大。

拡大された炎はまき散らされた油に引火し、巨大な炎となってオークたちを呑《の》み込《こ》んだ。

火達磨《ひだるま》になったオークたちは堪《たま》らず防壁から離れて転がり回る。

「皆、防壁は壊れない。落ち着いて練習した通りに行動するんだ！　そうすれば、オークたちを簡単に倒すことができる！」

「お、おお、そうだな！」

「こんな真下にいるだけの奴等《やつら》なんかただの的だ！　俺の投げ槍、見せてやる！」

意を決して行ったメアの一撃と俺の言葉で冷静さと自信を取り戻したのか、領民たちが戦意を見せて攻撃を仕掛ける。

「メア、ありがとう」

「皆さんの援護しかできない私ですがお役に立ててよかったです」

メアが勇気を出して動かなければ、領民は恐怖に呑まれていたかもしれない。

このタイミングで恐怖に竦《すく》み、対処が遅れるのは非常にマズかったのでメアの勇気ある行動は称賛に値するものだった。

メアって控えめな性格をしているけど、意外と芯が強いところがあるんだよな。

領民の全員が逃げ出した時も、メアだけは頑《かたく》なに拒んで残ってくれたみたいだし。

メアは自分のことを過小評価しているようだが、俺としては彼女にはかなり助けられていた。

この戦いが終わったら改めて礼を言わないとな。

感謝の言葉を告げるためにもしっかりと戦いを乗り越えなければ。

メアの行動に奮起させられた領民たちは油と火を落としてオークを燃やし、枝を拡大して作った投げ槍でオークたちを串刺しにしていた。

「拡大、拡大、拡大！」

俺は領民たちが投げた槍を空中で拡大させたり、落としていく油や火を、投げつけた石を、設置した罠《わな》を拡大して援護に回っていた。

強靭《きょうじん》な身体《からだ》を持つオークでも炎や槍の集中砲火には堪らない。そこに俺の拡大が加われば、ただの領民の攻撃ですら一撃必殺に変わる。

しかし、スキルを連続で使い過ぎたせいか、不意に身体から力が抜けてしまう。

傾いた俺の身体を傍《そば》にいたメアが抱き止めてくれた。

「ノクト様、スキルを使い過ぎです！　これ以上、無理をされるとまた倒れてしまいます！」

「それでも俺のスキルが役に立つなら……皆を守れるならやらなくちゃいけないんだ！」

いつも後方で見ていることしかできなかった。子供だからと戦うことができなかった。

でも、今は大人になったしビッグスモール領の領主だ。皆を支えることのできる力がある以上、無理をしてでもやり遂げないといけない。

「ノクト様！　敵の上位個体によって進路を塞ぐ防壁が壊されていきます！」

「なんだって⁉」

領民からもたらされた情報に思わず驚いて、なんとか立ち上がる。

すると、俺が進路を塞ぐように立てたアースシールドをオークキングが長大な鉄の棍棒で殴りつけていた。

一撃、二撃と打ち付けられるにつれてヒビが入る、三撃目で崩壊した。

即席のルート封じだったとはいえ、そう簡単に壊せないように拡大しておいた。

それをいとも容易《たやす》く壊してみせるとは。

「マズい、オークたちが散らばっていく」

崩壊したアースシールド目がけて、オークの群れが次々と入り込んでいく。

オークキングは先程の意趣返しをするように、こちらに醜悪な笑みを浮かべていた。

拮抗《きっこう》していた戦いが不利になった瞬間であった。

三十四話　小さな太陽

進路を塞いでいたアースシールドが崩され、オークたちが散開していく。

領民と防壁に限りがある以上、戦線が拡大してしまうとそれだけでこちらが不利になるのは明らかだ。

このまま一ヵ所を守り続けたとして、いずれは回り込んだオークが領地に入り込んでしまう。

戦える領民を連れて前に出して止めるべきか。ベルデナのお陰で大分数を減らしたとはいえ、オークたちの数は膨大だ。

「ノクト、前に出るよ！」

必死になって考えていると、ベルデナが決意のこもった表情で言った。

「ベルデナ、ダメだ。それは危険過ぎる」

「ノクトが一番身体《からだ》を張っているのに何言ってるのさ。それにノクトが私たちを守りたいように私たちもノクトや領地を守りたいんだよ」

ベルデナはにっこり笑うと、縮小されたアースシールドを一気に飛び越えた。

「はあああああああああッ！」

そして、腕にはめたガントレットを打ち鳴らしてオークたちの群れに拳を打ち込んだ。

巨人族の跳躍による一撃にオークたちが土と一緒に紙屑《かみくず》のように舞い上がる。

ベルデナがオークを蹴散らすと、群れの主であるキングの元に直進。

「君が王様だね！　ノクトたちのために倒れてもらうから！」

オークキングは咆哮《ほうこう》を上げると、長大な鉄の棍棒《こんぼう》を振り回し進路上に存在する仲間を薙《な》ぎ払《はら》って迎え撃った。

六メートルの巨人の拳と、四メートルの巨体を誇るオークキングの繰り出した棍棒が交差する。

その激しい金属音と衝撃の余波は防壁の上にいるこちらまで届くほど。

ベルデナの一撃を食らえば、さすがのオークキングも吹き飛ぶのではないだろうか。

そう予想したが、オークキングは後退したもののベルデナの拳を見事に受け止めていた。

まさか、巨人となったベルデナの一撃を受け止めることのできる相手がいるとは信じられない。

これがキングと称される魔物の身体能力なのだろうか。

もしかすると、指揮系以外にも身体能力を強化するスキルを持っているのかもしれない。

「……やるね。私の攻撃を正面から止められたのは初めてだよ」

オークキングのパワーに驚きつつもベルデナは不敵な笑みを浮かべていた。

すると、オークキングはそれに応えるかのように唸《うな》り声《ごえ》を上げて、棍棒を振り払ってベルデナを後退させた。

ひとまず、オークキングが即座にこちらに突進してくることはなさそうだ。

ここの防壁はスキルを重ねることで頑丈にしてあるが、オークキングのパワーを考えると壊されない保証はない。

「ノクト様、南側のオークはリュゼたち弓兵が止めて、北側のオークは俺たちが前に出て止めます。許可を頂けますか？」

次の手を打つべきかと考えていると、グレッグをはじめとする腕自慢の領民が近付いてきた。

皆、それぞれの手に武器を握り締めて覚悟の決まった眼差《まなざ》しをしている。

どうやら、ふがいない俺の代わりにグレッグが動き出してくれたようだ。

彼らの覚悟を無駄にするわけにはいかない。

中央はオークの数こそ多いが、防壁の上から攻撃を加え続けるだけで撃退し続けることはできる。

分散したオークをグレッグたちに叩《たた》いてもらうのが一番だろう。

「ああ、許可する。前線に出て散開したオークを討伐してきてくれ」

「わかりました！　おい、お前たち前に出るぞ！」

「おおっ！」

俺がそう命令すると、グレッグたちは勇ましい声を上げて防壁から降りて行く。

その背中を見送って、俺は自己嫌悪に陥る。

「……本当に俺はまだまだだな。父や兄であれば、大切な領民であろうとハッキリと前に出ろと命令できただろうに」

「そんな優しいノクト様だから、皆が力になりたいと思うのですよ。そう落ち込まないでください」

「……ありがとう。今は落ち込んでいる暇なんてないからな」

今はただ優しくて優秀な領民たちに感謝をしよう。くよくよする暇なんてない。

南側ではリュゼが率いる狩人《かりゅうど》たちが防壁の上から矢を射かけている。

散開するオークは矢の雨に次々と倒れる。

特にリュゼは走りながらでも矢を射かけることができ、次々とオークの急所を撃ち抜いて沈めていた。

難を逃れた個体は投擲《とうてき》スキルを持つ、領民の投げ槍《やり》で串刺しにされていく。

……前衛のあまりいないリュゼの方が心配だったが、思っていた以上に精強だな。

あれならば散開したオークが領地に入ることはなさそうだ。

一方、北側ではオークたちの群れに向かって、グレッグたちが武器を手にして斬りかかっていた。

グレッグ以外はただの農民だ。

誰もがグレッグのように鮮やかにオークを倒すことはできない。

それがわかっているからか領民たちは四人で一チームになってオークを一体相手取っていた。

とはいえ、間近でオークを相手取るのは領民には荷が重かったらしく、何人かの者が蹴散らされている。

「ウオオオオオオオオオオオオオオオオッ！」

そんな中、蹴散らされた者の傍《そば》にいたガルムが狼《おおかみ》のような遠吠《とおぼ》えを上げた。

優しい声を発するガルムからは考えられないような力強い声。

ガルムはそのままオークに飛びかかり押し倒すと、長い爪でオークの首を掻《か》き切った。

そして、ガルムは狼のような四足歩行で素早く移動すると他のオークにも襲い掛かり、足首を、手首を掻き切って次々とオークをダウンさせていく。

「ガルムさん、すごいですけど一体どうしたんでしょう？」

「【狂化】というスキルを使ってくれたんだよ。ガルムやグレッグがいれば、あっちもしばらくは大丈夫だと思う」

オークの群れを相手に一人で陣取り、翻弄している姿はまさに狂暴。

オリビアが心配してしまうのも無理はない様子だった。

それでも今ではそんなガルムに頼ってしまう他はない。

「グレッグ、これはガルムのスキルだ。巻き込まれないように援護してやってくれ」

「わ、わかりました！」

戸惑った様子を見せるグレッグたちに声を拡大して、命令を送った。

さて、最悪の状況にこそなっているが今のところ領民たちの奮戦によって何とかなっている。

とはいえ、このまま数の多いオークたちを相手にしていてもジリ貧だ。早急にオークキングを倒す必要がある。

中央の戦場ではオークキングとベルデナが激しい攻防を繰り広げていた。

オークキングの長大な棍棒をベルデナがなんとか弾き、カウンターを加えようとするが棍棒に防がれてしまって有効打にならない。

長期戦の戦いになるとベルデナの動きが単純になっているような気がした。

そこに掛け引きやフェイントといったものはなく、純粋なパワーと速度によるごり押し。

ベルデナは確かに強い。その巨人族による圧倒的な手足のリーチとパワーで並み居る魔物を蹴散らしてきた。

それは超絶な身体スペックのみで決着がついてしまうということである。

しかし、今回の相手はそれだけでは倒すことができない。経験の差というものが浮き彫りになっていた。

そして、そのことにオークキングも気付いている。

だからこそ、相手はベルデナが消耗するのを待っているようだ。

オークキングとの距離はちょっと遠いが、あれほど大きな対象であればスキルを使うことは可能だ。

「縮小！」

俺はオークキングが棍棒で防御しようとするタイミングで縮小をかけた。

すると、自身の身体を守る長大な棍棒が小さくなり、ベルデナの拳が顔面に突き刺さる。

オークキングが初めて地面に膝をついた。

そのまま俺はオークキングに対して縮小を試みる。

が、それは激しい抵抗により全く意味をなさなかった。

「チッ、やっぱり敵意の強い魔物を相手に縮小をかけるのは無理か……」

なら、ベルデナをさらに巨大にしてしまうか？

しかし、身長が変わると、それだけで身体の感覚は変わってしまう。そんな状態であのレベルの魔物を相手にするのはかなりリスクが高い。

「あっ！　ちょっと！」

思考を巡らせていると、ベルデナの声で我に返る。

「こいつら邪魔！」

気が付けばオークキングはこちら目掛けて一直線に駆け出していた。

ベルデナが追いかけようとするが、オークの群れによって足を止められる。

どうやら今のスキルのせいで、ちょっかいをかけたのが俺だとバレてしまったらしい。

オークキングの鋭い眼光と殺気がこちらに向けられる。

その迫力に足がすくみそうになるが、守るべき領地や領民のことを考えて自分を叱咤《しった》する。

ここで俺が止めなければ防壁が破壊されて、オークキングの侵入を許してしまうことになる。それだけはさせられない。

「拡大！」

オークキングの進行ルートに合わせて、俺は地中に設置していた罠《わな》を拡大した。

地中に埋められていた杭《くい》が、隆起してオークの身体と足を貫く。

しかし、ダメージを受けていたのは相手だけではなかった。既にスキルの使用限界が迫りつつある俺の身体は悲鳴を上げていた。

「ノクト様っ！　これ以上のスキルは……っ！」

「それでもここで俺が止めないといけないんだ！」

メアが泣きそうな顔をしながら抱き止めてくれるが、ここで止《や》めるわけにはいかない。

オークキングは貫かれた杭を無理矢理砕き、引っこ抜いてしまっていた。

ベルデナはオークの群れに組み付かれていて、こちらに間に合いそうもない。

だったら、俺がやるしかない。領地を、皆を守るために。

疲労で息が荒れる中、俺は切り札を出すことにした。

試してみるにはあまりにも危険が大きい方法だが今はそんなことを言っていられない。

「魔力、拡大」

己の体内に走る魔力を拡大する。

すると、体内に内包されていた魔力が一気に増大された。

全身の血管が一気に拡張されたような感覚。魔力や血の巡りが速くなってドクドクと音がする。

身体の中を流れる魔力が一気に増えたせいか、船酔いのような気持ち悪さを感じた。

恐らくこれ以上自身の魔力を拡大すれば死んでしまう。そんな危うさ。

溢《あふ》れる魔力を押しとどめておくことはできず、それらの魔力を一気に放出するように魔法を発動。

それは魔法の才能がない俺でも扱うことのできる初級的な攻撃魔法。

しかし、拡大された魔力によって引き起こされた火魔法は直径五メートルほどの豪火球となっていた。

だが、あのオークキングを仕留めるにはまだ足りない。

相手は兄を倒し、ベルデナと撃ち合うことのできるタフなキングだ。過剰なばかりの破壊力で叩き潰すべき。

「ファイヤーボールを拡大！　拡大！　拡大！　拡大！　拡大ッ……！」

俺はさらに豪火球に対して拡大を施す。

一回拡大するごとにさらに大きさが増していく。

拡大する度に意識が遠のいていく感覚がしたが、メアが力強く反対側の手を握っていてくれたために何とか堪えることができた。

「ベルデナさんや領民の皆さんの退避はできています！」

そして、ギリギリまで拡大を施すと、メアが唯一の懸念事項を払拭してくれた。

「ファイヤーボールッ！」

安心した俺はオークキングにめがけて小さな太陽と化したファイヤーボールを放った。

どれほどの高温と炎を秘めているのか、火球の周辺の空気は揺らめき、歪《ゆが》んでいるようにすら見えるほど。

射線上にいたオークたちをあっという間に呑《の》み込《こ》み、そして驚愕《きょうがく》の表情を浮かべていたオークキングに着弾した。

光と熱と爆風が過ぎ去ると、大きなクレーターができあがっており、そこにあった巨大な破壊力を示している。

あれほどの存在感を漂わせていたオークキングの姿は見えず、射線上にいたオークの群れも全て焼き尽くされていた。

自分たちを率いる圧倒的な強者が倒されたことにより、スキルの補正がなくなったオークたちは慌てて大森林へと引き返していく。

もうオークたちに領地を攻めるような戦力も戦意もない。

「……オークたちが引き返していきます。私たち、勝ったんですよね？」

「ああ、この戦いは俺たちの勝ちだ」

俺たちの会話を聞いて、呆然《ぼうぜん》とオークの背中を見送っていた領民たちが勝《か》ち鬨《どき》の声を上げた。

……父さん、俺は領地を守ることができたよ。

そして、兄さんの仇《かたき》は俺が取ってあげたからね。

遠ざかっていく意識の中で、父さんと兄さんが『よくやった！』と笑ったような気がした。

三十五話　豊かな領地を目指して

ふと目を覚ますと、外ではなく屋敷《やしき》の寝室だった。

どうやらベッドに横になっているらしい。

あれ？　オークキングと戦って、最後に魔法を放ってどうなったんだろう？

天井から視線を動かすと、窓から大きな瞳が覗き込んでいた。

「うわっ！」

「ノクトが目を覚ました！」

驚きのあまり悲鳴を上げると、それをかき消すボリュームの声が響いた。

「この声はベルデナだよね？」

「そうだよ！　ねえ、ノクト。そっちに行きたいから小さくして！」

ああ、そうか。ベルデナを戦いの時に拡大したままだった。

ベルデナが強くそう言うので、俺は窓の外にいるベルデナに縮小をかける。

すると、ベルデナはみるみるうちに小さくなり、俺と変わらぬ身長になると、窓の外から寝室へ飛び込んできた。

「ノクトが目を覚ました！」

身体《からだ》を起こして声をかけようとすると、ベルデナに勢いよく抱き着かれた。

受け止めようとしたが想像以上の力に、俺の身体は再びベッドに埋もれてしまう。

「ノクトが倒れてすごく心配した！　死んじゃったかと思った！」

いつになく心細そうな声に驚いた。

それだけベルデナが俺のことを心配してくれていたのだろう。

「心配かけてごめん」

「……うん、私の方こそごめん。私にオークキングを倒せるくらいの強さがあったら、ノクトに無理をさせなかったのに」

涙を流しながらベルデナが謝ってくる。

もしかして、俺が無理して倒れてからベルデナはずっとそんなことを考えていたのだろうか。

「そんなことはないよ。ベルデナはすごく活躍してくれたじゃないか。オークをたくさん倒したし、オークキングとだって互角に殴り合っていた。正直、ベルデナがいなかったら防衛ができていなかったと思うよ」

あんな風に大胆に防衛戦ができたのはベルデナがいたお陰だ。ベルデナがいなければ、そもそもオークたちと渡り合うことは無理であったし、領地を捨てて逃げていたことだろう。

「本当？　私、ここにいていいの？」

今回のことで自信を喪失したのか、ベルデナが不安そうにこちらを見上げてくる。

ベルデナが力不足を嘆くことは全くない。彼女は十分過ぎるほどに戦力になってくれたのだから。むしろ、力不足だったのは俺の方だ。

「勿論《もちろん》だよ。ベルデナさえよければずっと」

「ありがとう」

ベルデナの頭を撫《な》でながら言うと、彼女は首に回していた腕にギュッと力を入れた。

感動的なシーンだし、ベルデナを労《いたわ》ってやりたいのだが巨人族のパワーは健在で首や背中の方が
ミシミシと悲鳴を上げている。

「……ご、ごめん、ベルデナ。ちょっと力が強くて苦しい」

「あっ、ごめん」

俺が呻《うめ》くように言うと、ベルデナはすぐに力を緩めて離れてくれた。

ふう、今度は肉体的な意味で倒れてしまうところだった。

「ノクト様……」

安堵《あんど》の息をついていると、寝室の入り口で呆然《ぼうぜん》とした様子でこちらを眺めるメアがいた。

「やあ、メア。さっき目が覚めたよ」

気怠《けだる》い中、上体を起こして元気なことをアピールすると、メアは何かを堪《こら》えるような表情をし、
こちらに抱き着いてきた。

「無茶はしないでくださいと言ったじゃないですか」

「ごめん、また無茶をしちゃって」

「本当ですよ。私が注意しているのに何度も何度も！」

畑の時だけじゃなく、戦いでも無茶をしてしまった。メアに無理はしないように何度も言われて

いたのに。

メアは何かを吐き出すように胸元で愚痴を言っている。でも、涙ながらだし、抱き着いていていて声がくぐもっているのでほとんど何を言っているかはわからなかった。

でも、怒られていることは確かだろう。

俺はメアをあやすように何度も頭を撫でて、頷《うなず》き、時に謝る。

今は心配させてしまったメアの心労を吐き出させてやった方がいい。

「あはは、ノクトってば怒られてばっかりだね！」

「まったくだよ」

しばらく頭を撫でてやると、落ち着いたのかメアはスッと離れた。

泣きながら抱き着いたことが地味に恥ずかしかったのか、頬と耳が赤くなっている。

それをからかいたかったが、また怒られそうなのでやめておいた。

今はそれよりも状況を知りたい。

「俺はどのくらい寝てた？」

「二日間です」

スキルと魔力を限界まで使った反動だろうか。まさか二日間も眠っていたとは思わなかった。

それだけ今回の戦いは身体に負荷がかかっていたということだろう。

「あれから逃げたオークたちは？」

「グレッグさんやリュゼさんをはじめとした狩人《かりゅうど》や怪我《けが》のなかった若者たちが中心に追撃をしま

した。すべてを倒せたわけではないですが、統率個体であるオークキングを倒したので脅威にはならないと思います」

そうか。またすぐに襲い掛かってくることを警戒したが、そんな様子はなく大森林に逃げたようだ。

オークキングと一緒にあれだけの数を動員しても落とせなかったのだ。逃げたオークたちがビッグスモール領にちょっかいをかけてくることはないだろう。

たとえ、かけてきたとしてもオークキングさえいなければ、容易に返り討ちにできるだろう。

「……それで領民たちの様子は？」

あのような脅威があったのだ。

この領地が危険だと思って逃げてしまった領民がいるのではないだろうか。

以前の領民に逃げられてしまったからか、そんな不安が心の中でよぎる。

「戦いの後片付けをして、いつも通りに生活していますよ」

「そうか」

優しい笑みを浮かべながらそう説明してくれるメア。俺の心の内の不安を見抜かれていたようで少し恥ずかしい。

「ちょっと領地の様子を見に行こうかな」

メアから大体の状況を聞いたが、やはりこの目でちゃんと見ておきたい。

俺がベッドから出ようとすると、叱責の声が重なった。

「ダメです！」

「ダメ！」

「いや、別に見に行くだけだから身体の負担になるわけじゃ……」

「大人しくしていてください」

「ノクトは倒れて、目を覚ましたばっかでしょ！」

「……はい」

なおも食い下がるが、メアとベルデナの有無を言わせない迫力に俺は大人しくベッドで寝転がるのであった。

◆

目を覚ましてから二日後。すっかり体調が回復した俺は領地に向かった。

メアとベルデナから領地や領民の様子は逐一聞いていたが、やはり自分の目で見ないとどうも落ち着かない。

どこかソワソワとした気持ちで領地にやってくると、いつも通りに領民がおり、それぞれの仕事や生活を営んでいた。

「あっ、ノクト様！　もう出歩いて大丈夫なんですか？」

畑の傍《そば》を通ると、ガルムが駆け寄ってくる。

俺の身を案じてくれているようだが、ガルムの身体にはところどころ包帯が巻かれており、そちらの方がよっぽど心配だ。

「ああ、休んだお陰でね。ガルムこそ、少し怪我をしているようだけど大丈夫なのかい？」

「ええ、オレのは掠《かす》り傷《きず》みたいなものなので」

「あなたってば強がって。私の薬を塗るまでは水が染みると言っていたんですけどね」

「ねー」

そんなことを言っていると、オリビアとククルアがやってきてからかった。

ガルムは恥ずかしそうに視線を逸《そ》らしている。

万全に動けるようになったのも妻の薬のお陰なので、言い返すこともできないのだろうな。

「おっ、賑《にぎ》やかだと思ったらノクト様がいるじゃないですか」

「……やっと来てくれた。これでお肉を大きくしてもらえる」

ガルム一家のやりとりを微笑《ほほえ》ましく聞いていると、狩猟帰りのグレッグとリュゼもやってきた。

俺の姿を見て、肉がたくさん食べられると喜ぶリュゼはブレないな。エルフなのに肉が大好きで本当に変わり者だ。

「おっ、ノクト様だ！」

「もう体調は大丈夫なんですか？」

「なんじゃ出歩けるのならさっさと言わんか！」

人が集まったからだろうか、人の群れがさらなる人を呼んでたくさんの領民が集まってきた。

皆、俺が倒れたことを心配していて気さくに声をかけてくれる。

それがとても嬉《うれ》しくて、領民の声にひとつずつ丁寧に返していく。

それにしても四日ほど前にオークキングの襲撃があったとは思えない平和っぷりだ。

あれだけの事があったのに皆、何事もなかったかのように暮らしている。

このままなあなあで過ごすことができれば幸せだろう。

でも、俺は厳しい環境であると知りながら領民たちを誘致した。

今回は何とか抑えられたが、依然として残る領地の危険さを誤魔化したくはない。

「皆、ちょっと話を聞いてもらっていいかな？」

唐突な俺の言葉に皆は驚いていたが、真面目な話だとわかったのか静かに頷いてくれた。

「皆の協力もあってオークキングの襲撃を何とか乗り切ることができた。でも、ビッグスモール領は大森林と隣接している領地だ。これから何度も同じようなことがあるかもしれない」

その事を不安に思っているのか、顔を俯《うつむ》かせる領民もいた。

今のところ手厚い保証と、十分な食料があるので生きていけているが少しでも安全なところで生きたいのが人間の心だ。

「でも、危機を乗り越えることのできた皆となら、誰もが幸せに暮らせる領地を作れるんじゃないかと思う。今は至らないところも多いけど、これからも皆の力を貸してほしい！」

ぺこりと頭を下げて言うと、グレッグが優し気な声で言った。

「……顔を上げてくださいよノクト様。領主ともあろうものがそんな風に頭を下げちゃダメですよ」

顔を上げると、領民の皆がこちらを見ていた。

「オレはこの領地を離れるつもりなんてありません。ここは獣人であるオレたちでも差別を受けることなく暮らせます。ここでの生活は幸せです」

そう言ってオリビアとククルアを優しく抱き寄せるガルム。

「まったくですね。自分たちこそまだまだノクト様のスキルに頼りっぱなしで頼りないかもしれないですが、今後も頼ってください」

「魔物は皆で力を合わせてやっつけましょう！」

グレッグを中心とした若い領民と狩人たち。

「ここはまだまだ足りないものばかりじゃ。ワシらがおらんとどうしようもないじゃろ？　それにここまで手を入れた領地を放り出すなんざぁドワーフじゃねえ」

「おうよ！　それに領主様は酒を生み出す神じゃからな！　多少の危険があろうと気にせんわい！」

「……危ないのはどこの領地も同じ」

ローグ、ギレムが笑いながら、リュゼが感情のこもっていない平坦《へいたん》な声で言う。

皆の温かい言葉に感動して泣きそうになっているとベルデナが肩を叩《たた》いてくる。

「もう、ノクトは心配し過ぎだよ。こんないい場所、誰も出ていったりしないって」

「そうかな？」

「領地だけではなくノクト様に惹《ひ》かれているのですから」

メアの言葉に同意するように領民たちが頷いてくれる。

「……ありがとう」

まだまだ至らぬところは多いけど、領民たちはここを気に入ってくれているようだ。

父や兄が目指していた幸せな領地にはまだまだ遠いけど、皆がいれば無理じゃない。いや、皆がいればできる。

俺たちでこれからもっとビッグスモール領を豊かで、誰もが幸せに暮らせる領地にするんだ。

「よし、今日は作業を終えたら戦勝祝賀会だ！」

威勢のいい声で宣言すると、領民たちは喜びの声を上げた。

あとがき

本書をお手に取っていただきありがとうございます、錬金王《れんきんおう》と申します。

『転生貴族の万能開拓　～【拡大&縮小】スキルを使っていたら最強領地になりました～』はいかがだったでしょうか？

私も現実でそのような力が手に入れば、金塊を買い上げて拡大を……ゲフンゲフン。これ以上は【拡大&縮小】スキル……非常に便利ですよね。

欲望が駄々洩れになるのでやめておきます。

小説を出版するのは初めてではございませんが、スローライフものを多く書いておりましたので本作のようなバトルシーンやひっ迫した空気感を描くのは、とても久しぶりで執筆中は自分でもワクワクとしていました。

読者様もそんな思いを抱いていてくれたのなら、作者としても嬉《うれ》しいです。

そんなシーンがありながらもほっこりとした日常や、食事シーン、農業シーンなども盛り込めたので自分らしさがあるのではないかと思います。

さて、そんな本作品ですが講談社様のヤングマガジンサードにてコミカライズの連載が決定されております。はじめての雑誌連載です。

雑誌漫画というものに憧れを抱いていた私としては興奮ものですね。

ネームや原稿をエネルギー源として日々の執筆を頑張っております。

そして、あわよくば本作品が本書を手に取ってくださった読者様のお陰で二巻、三巻と続きを出せるようになると永久に本を出し続けられるわけですね！

そんな淡い期待を抱きながら、私は日々を頑張って生きていきます。


ページも少なくなってきましたので、そろそろ謝辞に入らせていただきます。

本作品の表紙や挿絵を素晴らしく彩ってくださいました成瀬《なるせ》ちさと様。お忙しいスケジュールの中、素晴らしいイラストをご提供くださりありがとうございます。

そして、担当編集様、デザイナー様や講談社編集部の皆様、印刷所の方々。

本作品が無事に出版できたのは皆様のお力があってです。誠にありがとうございます。

これからも末永いお付き合いができるように頑張らせていただきます。


最後にちょっとした宣伝ですが、講談社様だけでなく宝島社様などより「転生して田舎でスローライフをおくりたい」「異世界のんびり素材採取生活」「異世界ゆるり農家生活」などといった作品も書籍化、コミカライズ化しております。

書籍、およびコミックも発売しておりますので、私の作風を気に入っていただけた方は是非とも、読んでいただけると嬉しいです。

——錬金王

Kラノベブックス

転《てん》生《せい》貴《き》族《ぞく》の万《ばん》能《のう》開《かい》拓《たく》

～【拡大&縮小《かくだいアンドしゅくしょう》】スキルを使《つか》っていたら最強領地《さいきょうりょうち》になりました～

錬金王《れんきんおう》

2020年9月30日第1刷発行

発行者　森田浩章

発行所　株式会社 講談社
〒112-8001　東京都文京区音羽2-12-21

電　話　出版　(03)5395-3715
販売　(03)5395-3608
業務　(03)5395-3603

デザイン　百足屋ユウコ+石田隆（ムシカゴグラフィクス）

本文データ制作　講談社デジタル製作

印刷所　豊国印刷株式会社

製本所　株式会社フォーネット社

落丁本・乱丁本は購入書店名を明記のうえ、小社業務あてにお送りください。送料は小社負担にてお取り替えいたします。なお、この本の内容についてのお問い合わせはラノベ文庫あてにお願いいたします。

本書のコピー、スキャン、デジタル化等の無断複製は著作権法上での例外を除き禁じられています。本書を代行業者等の第三者に依頼してスキャンやデジタル化することはたとえ個人や家庭内の利用でも著作権法違反です。

ISBN978-4-06-521185-4　N.D.C.913　280p　19cm

定価はカバーに表示してあります

©Renkino 2020 Printed in Japan

ファンレター、
作品のご感想を
お待ちしています。

あて先
〒112-8001　東京都文京区音羽2-12-21
(株) 講談社　ラノベ文庫編集部 気付
「錬金王先生」係
「成瀬ちさと先生」係

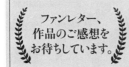

漫画×Kuron
原作×錬金王
キャラクター原案×成瀬ちさと
イズ決定!

転生貴族の万能開拓
～【拡大&縮小】スキルを使っていたら最強領地になりました～
ヤングマガジンサードにて
コミカラ

Kラノベブックス

Webアンケートにご協力をお願いします！

読者のみなさまにより魅力的で楽しんでいただける
作品をお届けできるように、みなさまの
ご意見を参考にさせていただきたいと思います。

◀アンケートページは
こちらから

アンケートに
ご協力いただいた
みなさまの中から、抽選で

**毎月20名様に
図書カード**

（『銃皇無尽のファフニール』
イリスSDイラスト使用）

を差し上げます。

イラスト：梱枝りこ

Webアンケートページにはこちらからもアクセスできます。

https://voc.kodansha.co.jp/enquete/lanove_124/

Kラノベブックス

劣等人の魔剣使い スキルボードを駆使して最強に至る

著:萩鵜アキ　イラスト:かやはら

次元の裂け目へと飲み込まれ、異世界に転生した水梳透。
転生の際に、神様からスキルボードという能力をもらった透は、
能力を駆使し、必要なスキルを身につける。
そんな中、魔剣というチートスキルも手に入れた透は、
強大なモンスターすらも倒す力を得たのだった。
迷い人——レベルの上がらないはずの“劣等人”でありながら
最強への道を駆け上がる——！
小説家になろう 発 異世界ファンタジー冒険譚！

Kラノベブックス

呪刻印の転生冒険者
～最強賢者、自由に生きる～

著:澄守彩　イラスト:卵の黄身

かつて最強の賢者がいた。みなに頼られ、不自由極まりない生活が億劫になった彼は決意する。

『そうだ。転生して自由に生きよう！』

二百年後、彼は十二歳の少年クリスとして転生した。

自ら魔法の力を抑える『呪刻印』を二つも宿して準備は万端。

あれ？　でもなんだかみんなおかしくない？　属性を知らない？　魔法使いが最底辺？

どうやら二百年後はみんな魔法の力が弱まって、基本も疎かな衰退した世界になっていた。

弱くなった世界。抑えても膨大な魔力。

それでも冒険者の道を選び、目立たず騒がず、力を抑えて平凡な魔物使いを演じつつ――

今度こそ自由気ままな人生を謳歌するのだ！

コミック化も決定！　大人気転生物語!!

Kラノベブックス

転生貴族、鑑定スキルで成り上がる

～弱小領地を受け継いだので、優秀な人材を増やしていたら、最強領地になってた～

著:未来人Ａ　イラスト:jimmy

アルス・ローベントは転生者だ。
卓越した身体能力も、圧倒的な魔法の力も持たないアルスだが、
「鑑定」という、人の能力を測るスキルを持っていた！
ゆくゆくは家を継がねばならないアルスは、鑑定スキルを使い、
有能な人物を出自に関わらず取りたてていく。
「類い稀なる才能を感じたので、私の家臣になってほしい」
アルスが取りたてた有能な人材が活躍していき――！

Kラノベブックス

俺だけ入れる隠しダンジョン1～5

～こっそり鍛えて世界最強～

著:瀬戸メグル　イラスト:竹花ノート

稀少な魔物やアイテムが大量に隠されている伝説の場所――隠しダンジョン。
就職口を失った貧乏貴族の三男・ノルは、
幸運にもその隠しダンジョンの入り口を開いた。
そこでノルは、スキルの創作・付与・編集が行えるスキルを得る。
さらに、そのスキルを使うためには、
「美味しい食事をとる」「魅力的な異性との性的行為」などで
ポイントを溜めることが必要で……？
大人気ファンタジー、書き下ろしエピソードを加えて待望の書籍化！

Kラノベブックス

漆黒使いの最強勇者1～2

仲間全員に裏切られたので最強の魔物と組みます

著:瀬戸メグル　イラスト:ジョンディー

世界には、いつも勇者が十六人いる——。
その中でも歴代最強と名高い【闇の勇者】シオン。
彼には信じるものが一つあり、それは今のパーティメンバーだった。
だが、なんと信じていた彼女達から酷い裏切りにあってしまう。
辛うじて一命をとりとめるも、心に深刻なダメージを受けるシオン。
そして生きることを諦め、死のうと森を彷徨う彼の前に、一体の魔物が現れ——。

Kラノベブックス

二周目チートの転生魔導士1～3
～最強が1000年後に転生したら、人生余裕すぎました～
著:鬱沢色素　イラスト:りいちゅ

強くなりすぎた魔導士は、人生に飽き千年後の時代に転生する。
しかし、少年クルトとして転生した彼が目にしたのは、
魔法文明が衰退した世界と、千年前よりはるかに弱い魔法使いたちであった。
そしてクルトが持つ黄金色の魔力は、
現世では欠陥魔力と呼ばれ、下に見られているらしい。
この時代の魔法衰退の謎に迫るべく、
王都の魔法学園に入学したクルトは、
破格の才能を示し、二周目の人生でも無双してゆく――⁉

Kラノベブックス

おっさん、チートスキル【スローライフ】で理想のスローライフを送ろうとする

著:鬱沢色素　イラスト:ne-on

三十路のおっさんブルーノ。
彼は【スローライフ】というスキルを持っていたが、
使い方が分からないまま、勇者パーティーから追放されてしまう。
しかしスキルの女神から、これは『スローライフに関することを
“過度に”実現する』スキルだという説明を受ける。
そしてブルーノは、辺境の地で理想のスローライフを送ろうとするが……⁉
人助けに薬草を摘んだら軽く一万束も採れてしまったり、
寝ている間に難病を癒す秘薬を作ったり、湖の主を釣り上げたり——
おっさんの理想だけど、ちょっと変なスローライフ・ファンタジー！

Kラノベブックス

実は俺、最強でした？1～3

著:澄守彩　イラスト:高橋愛

ヒキニートがある日突然、異世界の王子様に転生した――と思ったら、
直後に最弱認定され命がピンチに!?
捨てられた先で襲い来る巨大獣。しかし使える魔法はひとつだけ。開始数日での
デッドエンドを回避すべく、その魔法をあーだこーだ試していたら……なぜだか
巨大獣が美少女になって俺の従者になっちゃったよ？
不幸が押し寄せれば幸運も『よっ、久しぶり』って感じで寄ってくるもので、す
ったもんだの末に貴族の養子ポジションをゲットする。
とにかく唯一使える魔法が万能すぎて、理想の引きこもりライフを目指す、
のだが……!?
先行コミカライズも絶好調！　成り上がりストーリー！